The Undying

Anne Boyer

# 未死之身

## 一位乳腺癌病人的生死独白

[美国] 安妮 · 博耶 著 李宜然 方歌 译

译林出版社

**图书在版编目（CIP）数据**

未死之身：一位乳腺癌病人的生死独白 /（美）安妮·博耶（Anne Boyer）著；李宜然，方歌译. —南京：译林出版社，2023.1

书名原文：The Undying

ISBN 978-7-5447-9360-5

Ⅰ.①未… Ⅱ.①安… ②李… ③方… Ⅲ.①回忆录－美国－现代 Ⅳ.①I712.55

中国版本图书馆 CIP 数据核字（2022）第 137203 号



**未死之身：一位乳腺癌病人的生死独白 ［美国］安妮·博耶／著 李宜然 方歌／译**

责任编辑 陆晨希
装帧设计 韦 枫
封面艺术 周雯静
校 对 王 敏
责任印制 单 莉

原文出版 Farrar, Straus and Giroux, 2019
出版发行 译林出版社
地 址 南京市湖南路 1 号 A 楼
邮 箱 yilin@yilin.com
网 址 www.yilin.com
市场热线 025-86633278
排 版 南京展望文化发展有限公司
印 刷 扬州皓宇图文印刷有限公司
开 本 787 毫米 ×1092 毫米 1/32
印 张 9.25
插 页 2
版 次 2023 年 1 月第 1 版
印 次 2023 年 1 月第 1 次印刷
书 号 ISBN 978-7-5447-9360-5
定 价 59.00 元

即使我有十根舌头，十张嘴巴。

——荷马《伊利亚特》

# 目　录

# 序　言

1972年，苏珊·桑塔格曾计划写一部题为《论垂死的女人》、《女人之死》或是《女人如何死去》的作品。在她日记里的“写作素材”一栏中，桑塔格列下了十一场死亡，包括弗吉尼亚·伍尔夫之死、玛丽·居里之死、圣女贞德之死、罗莎·卢森堡之死，以及艾丽斯·詹姆斯之死，等等。[1]1892年，四十二岁的艾丽斯·詹姆斯死于乳腺癌。詹姆斯在日记中将自己的乳腺肿瘤形容为“我乳房里这邪恶的花岗岩般的物质”[2]。1974年，四十一岁的桑塔格确诊乳腺癌。经受治疗后，她写下了《疾病的隐喻》一书，书中引用了詹姆斯对乳腺肿瘤的这一比喻。[3]

《疾病的隐喻》所描绘的是完全不带个人色彩的癌症。桑塔格拒绝将“我”和“癌症”这两个词写进同一个句子里。蕾切尔·卡森于1960年确诊乳腺癌，那年，五十三岁的她正在撰写《寂静的春天》——这本书后来成了癌症文化

---

1 Susan Sontag and David Rieff, *As Consciousness Is Harnessed to Flesh: Journals and Notebooks, 1964—1980*, New York: Picador, 2013.

2 Alice James and Leon Edel, *The Diary of Alice James*, Boston: Northeastern University Press, 1999.

3 Susan Sontag, *Illness As Metaphor*, New York: Farrar, Straus and Giroux, 1978.

史中的重要著作。卡森生前从不公开谈论自己的病情，最终，她在1964年死于癌症。[1]在接受癌症治疗期间，桑塔格的日记异乎寻常地寥寥可数、内容单薄。这体现了乳腺癌对于思考的消耗——这种消耗主要来自化疗可能对认知产生的严重而持久的影响。1976年2月，在接受化疗期间，桑塔格写道："我需要一个精神健身房。"她的下一篇日记写于数月之后。1976年6月，她写道："当我能写信的时候……"[2]

在杰奎琳·苏珊1966年的小说《纯真告别》中，有一个人物詹妮弗在确诊乳腺癌后因畏惧乳房切除术而服药自杀。詹妮弗说："我这辈子里，癌症意味着死亡、恐惧和一些可怕到我不敢面对的东西。现在我得了癌症，有意思的是，我怕的根本不是癌症本身——即使那已经是死亡宣判。我怕的只是，它对我的生活造成的破坏……"[3]女性主义作家夏洛

1 Ellen Leopold, *A Darker Ribbon: Breast Cancer, Women, and Their Doctors in the Twentieth Century*, Boston: Beacon Press, 2000.

2 参见：Sontag, *As Consciousness Is Harnessed to Flesh*（苏珊·桑塔格：《心为身役》，以下关于本书的引文参考了姚君伟译本，略有改动，谨此致谢。——译注）。

3 参见：Jacqueline Susann, *Valley of the Dolls: A Novel*, New York: Bantam Books, 1966（杰奎琳·苏珊：《纯真告别》，以下关于本书的引文参考了马爱农、蒯乐昊译本，谨此致谢。——译注）。

特·柏金斯·吉尔曼于1932年确诊乳腺癌，她也以自杀结束了生命："比起癌症，我宁愿选择三氯甲烷。"[1]小说家杰奎琳·苏珊在四十四岁时确诊乳腺癌。她死于1974年，即桑塔格确诊的那年。

1978年，四十四岁的诗人奥德莱·洛德确诊乳腺癌。与桑塔格不同的是，洛德选择在她著名的《癌症日记》中将"我"和"癌症"关联起来。洛德的书记录了她的诊疗过程和她对斗争的号召："我不愿这本书仅仅成为对悲痛的记录。我不愿它仅仅成为对泪水的记录。"对洛德来说，乳腺癌的危机意味着"勇士对又一件武器的精心审视"[2]。洛德于1992年死于乳腺癌。

英国小说家范妮·伯尼于1810年发现了自己的乳腺肿瘤。同洛德一样，她用第一人称记录了自己的乳房切除术。[3]她接受切除术的那个年代还没有麻醉剂。在整个手术过程

---

1 Charlotte P. Gilman, *The Living of Charlotte Perkins Gilman: An Autobiography*, Salem, N.H.: Ayer, 1987.

2 Audre Lorde, *The Cancer Journals*, San Francisco: Aunt Lute Books, 2006.

3 Fanny Burney, Barbara G. Schrank, and David J. Supino, *The Famous Miss Burney: The Diaries and Letters of Fanny Burney*, New York: John Day, 1976.

中，伯尼的意识是完全清醒的：

> ……数月而非数天或是数周以来，每每提及那可怕的东西，我都像是重新亲历那痛苦！每每念及此事，我都无法逃过这惩罚！我病了，我被一个问题打乱了阵脚——哪怕是今天，在那件事结束的九个月后，我依旧因这种讲述而头痛！而这悲惨的讲述啊……

桑塔格在思考如何在《疾病的隐喻》中书写癌症时，曾在日记中写道："[要采用]格言式写作。"[1]乳腺癌与这个可能会"提及那可怕的东西"或是做出"这悲惨的讲述"的"我"毫不协调地并存着。这个"我"有时候被癌症摧毁，有时候则被它所指代的那个人先发制人地摧毁——通过自杀，或是通过写作者不允许"我"和"癌症"这两个词同时出现的固执想法：

---

1 Sontag, *As Consciousness Is Harnessed to Flesh.*

“……于2014年被诊断患有乳腺癌，那年她四十一岁。”（被删去的是“我”这个词。）

或者

“2014年，四十一岁的我被诊断患有……”（被删去的是“癌症”这个词。）

小说家凯西·阿克于1996年确诊乳腺癌，那年她四十九岁。她为《卫报》所写的癌症记录《疾病的礼物》显得异乎寻常地直白。在文章开头，她写道：“我对这个故事的讲述将如我所知。即便是现在，这故事依旧让我觉得陌生。我不明白自己为何要讲述它，我并非感情用事。或许只是为了说出，它确实发生过。”阿克并不知道为什么要讲述自己的故事，却还是讲下去了：“去年4月，我被诊断患有乳腺癌。”[1]

---

1 Kathy Acker, “The Gift of Disease”, *The Guardian*, 1997, p. T14.

阿克于1997年死于此症，彼时距离她确诊刚刚过去了十八个月。

尽管乳腺癌可能出现在任何有乳腺组织的人体内，但是女性依旧承受着这一灾难的绝大部分重量。灾难以多种形式降临在罹患乳腺癌的女性身上：早逝，痛苦的死亡过程，致残的治疗方案，致残的迟发后遗症，失去的伴侣、收入和生活能力；而同时，乳腺癌的灾难也通过疾病的社会属性如沼泽般降临——它的阶级政治，性别化的界限，种族之间失调的死亡比例，以及它在混乱的指引教唆和残酷的故弄玄虚之间循环往复的信息谜团。

如果说少有疾病给女性造成的灾难像乳腺癌一样深重的话，那么像它一样带来如此浩繁痛苦的病症就更少了。这样的极度痛苦不仅关乎疾病本身，也关乎那些与之有关的书写，或是那未被书写的，抑或是那有关是否书写、如何书写的决定。乳腺癌这种疾病所呈现的冗杂命题，在于它应作何形态。

而这一命题的答案往往是对于冲突元素的删节以及对

这些删节的阐释和修正。对于洛德这样一位非裔同性恋女性主义诗人来说，被删节的是癌症，而围绕这种疾病的缄默成了她通向政治生活的入口 :“我的使命是用自身去填满我曾体会过的那些缄默，直到它们拥有最明朗的白日和最响亮的惊雷。”[1]而对于身处上流社会的白人文化评论家桑塔格来说，被删节的是个人。正如她在为后来的《疾病的隐喻》一书构思书名时写下的注解 :“只考虑自己就是想着死亡。”[2]

桑塔格为自己未写出的著作所拟定的第四个书名是《女人与死亡》。她说 :“女人不为彼此而死。不会有如同兄弟之间的死亡那样的‘姐妹之间的’死亡。”但我觉得她错了。“姐妹之间的死亡”并不是女人为了彼此而死 : 它是在疏离的平行下发生的死亡。姐妹之间的死亡，是女人因身为女人而死。1991 年，四十一岁的酷儿理论家伊芙 · 科索夫斯基 · 塞奇威克确诊乳腺癌，她曾著书描写乳腺癌文化对于社会性别的令人惊异乃至残酷的强制定义。塞奇威克在自己确

1 Lorde, *The Cancer Journals.*

2 Sontag, *As Consciousness Is Harnessed to Flesh.*

诊之时写道："老天，现在我想我真的必须做一个女人了。"[1] 就像S. 拉克兰·贾因在《恶性》一书题为《患癌症的男人腔》的一章中写的那样，"一个小巧迷人的诊断威胁将你吞没，直至你陷入那女性身体所施与的典型死亡中去"[2]。塞奇威克于2009年死于乳腺癌。

或许如桑塔格所称，女人不会为彼此而死，但她们因乳腺癌而带来的死亡并非不存在牺牲。至少在这个"意识"（awareness）——这暴利的、被粉红丝带包裹着的、"治愈"的替代品——的时代，我们被这样告知：一个人为了社会的共同利益而必须舍弃的并不是她的生命，而是她的故事。洛德曾经试图用书写去占领乳腺癌周围的缄默，而如今那缄默被一种嘈杂所替代——与乳腺癌相关的语言不断疯狂生长，直至形成这种嘈杂。在我们的时代，难题不再是面对缄默发声，而是尝试在那摧枯拉朽的噪声中形成一种抵抗。桑塔格

1 Eve K. Sedgwick, *A Dialogue on Love*, Boston: Beacon Press, 2006.
2 Sarah S. L. Jain, *Malignant: How Cancer Becomes Us*, Berkeley: University of California Press, 2013.

和卡森对于将自己和这种疾病关联起来的抗拒在今天被一种义务所取代——凡是患癌的女人必须建立这种关联。

而我要像阿克一样声明自己并非感情用事。下面这个将我和我的乳腺癌关联起来的语句即便算不上是个感情用事的故事，也起码称得上是有关意识形态的：

"我于2014年被诊断患有乳腺癌，那年我四十一岁。"

如此看来，乳腺癌应有何等形态也是一个政治话题。对于意识形态化的故事，我总是不明白自己为什么要去讲述，却还是会讲下去。那同时包含"我"和"乳腺癌"的句子形成一种危险且无处不在的"意识"。如贾因描述的那样，缄默已不再是寻找乳腺癌解药的最大障碍："癌症的无处不在使它落入无迹可寻的泥潭中。"[1]

在所有乳腺癌患者中，只有那些幸存者时常会被纳入

---

1 Sarah S. L. Jain, *Malignant: How Cancer Becomes Us*, Berkeley: University of California Press, 2013.

这铺天盖地、尽是粉色的意识舞台中。叙事往往偏爱胜利者。讲述一个有关乳腺癌的故事就应当是讲述一个有关新自由派自我管理的故事——它的叙事围绕原子化并完全独立的个人成功、自检和之后的乳房X射线检查、应规蹈矩而治愈的疾病、五公里跑、有机绿色果蔬汁以及积极向上的思想而展开。正如艾伦·利奥波德在她的乳腺癌历史著作《暗淡的丝带》中指出的那样，20世纪90年代新自由主义的兴起为乳腺癌的叙事传统带来了一种变化："外部世界被认定为一种既定事实，一块为正在上演的个人戏剧而准备的背景幕布。"[1]

在这些前提下，仅仅书写一个人自己并非仅仅[2]书写死亡，也是书写一种具象的死亡或是类似死亡的状态，这种状态不接纳政治、集体行动或是更广义的历史。乳腺癌的工业致病源，医学中的厌女倾向和种族偏见历史及恶习，资本主义巨大的营利机器，以及乳腺癌带来的痛苦和死亡在各阶级间的不平等，这些都被当今常见的有关乳腺癌的文学形态忽

---

1 Leopald, *A Darker Ribbon*.

2 此处原文为斜体，表强调，在本书中统一以楷体标出，下同。——编注

略了。仅仅书写一个人自己也许是书写死亡，但书写死亡也就是书写每一个人。如洛德所写："我的心上刺着那些没能活下来的女人的名单，而那里永远有一个位置留给一个新的名字，我自己的名字。"[1]

1974年，已被确诊的桑塔格在日记中写道："……到目前为止，我思考的方式既过于抽象又过于具象了。过于抽象：死亡。过于具象：我。"她认可了一个所谓中词的存在："既抽象又具象。"这个在自我和死亡之间既抽象又具象的词是"女人"。"于是，"桑塔格补充道，"一整个死亡的新世界在我的眼前升起。"[2]

---

1 Lorde, *The Cancer Journals.*

2 Sontag, *As Consciousness Is Harnessed to Flesh.*

梦寐者

# 1

技师离开检查室后，我转向屏幕，试图辨清由肿瘤、网状神经还有小号高亮字体写明的我的病理及我的未来或是结局。这是我平生第一次见到肿瘤的图像，它是那屏幕上的一团阴影，一个带有崎岖条状突起的圆。我坐在病床上，用苹果手机拍下了那个肿瘤。那是属于我的肿瘤。

得知自己生病时，我正处于临床医学和个人感知的交会点。我穿着每年夏天都会穿的绿色背心、短裤和凉鞋——接着是意外的发生；接着是那穿着灰色套装的严肃女人，她以坚决的语气做出灾难判决，那些严肃而令人信服的专业术语逐渐布满我所处的室内恒温系统；接着是我的惊慌失措，诊断的逐步细化，我与朋友间惊愕的聊天记录。一位调查员装扮成社会制度的总和，进入我的生活，声称他们将对某人（也就是我）现在还未曾察觉但早晚会出现的感知展开调查。

将一系列事物或行为从某个系统中抽取出来，重新归类，再放入另一系统，这一过程类似占卜。对占卜师来说，北飞的鸟预示着明天的幸福，而在茶渣里能读出两个爱人和将毁灭他们的第三者的故事。这样一来，鸟的高飞就脱离了“迁徙”这个定义；而当茶成为有关恋情终结的传说，我们也不再想去喝它。

将一个或一系列事物从某个系统中抽取出来，重新归类，再放入另一系统，这一过程也类似诊断：提取我们身体的信息，重新排列那些来自体内的物质，强行将之纳入一个疏远而陌生的系统中。我的肿块本存在于我自身的系统中，而当放射科医生将它的BI-RADS[1]分级定义为5级后，它便在癌症系统中安家，自此成为一个肿瘤。像是从飞行中解脱的鸟和挣脱了束缚的茶，收到诊断的人从此脱离了她曾认识的那个自己。

---

1 BI-RADS，全称为Breast Imaging-Reporting and Data System，是一种用于评估与诊断乳腺影像报告的质量管理系统，由美国放射协会（American College of Radiology）建立并注册商标。在美国的BI-RADS分级中，5级代表恶性肿瘤的可能性高于95%。

在感觉完全健康时被确定无疑地宣告患病，如同还没能在柔和的不确定性中温存哪怕一小时，没能以先发制人的忧虑平复自己，就坠落在语言的冷酷上。那冷酷说：“现在你得到的并非某个问题的答案，而是一个将生活一劈为二的名字。”病症不曾费神向感官报到，却在荧幕中闪光；光线是被加密、解密、传送、分析、评级、研究、贩卖的声响与信息。在服务器中，我们的健康状况显示出恶化或是改善。过去，我们在自己的身体中患病；而如今，我们病倒在射线的集合中。

欢迎来到以字母为名的众多探测器内：MRI，CT，PET。[1]戴上耳罩，穿上又脱下病号服，举起又放下手臂，吸气，呼气，血液被抽出，染色剂被注入，检测棒被拿起又放

1 分别指磁共振成像、计算机层析成像、正电子发射断层扫描装置。——译注

下，挪动或是被挪动——放射科将一个有血有肉的人变成一个由光影组成的病人。那里有安静的技师，吵闹的撞击声，温热的毯子和成像时的哔哔声。

医院里的影像并非静态影像（image），而是成像过程（imaging）。我们在涌起又平息的声波中，在闪烁的光影和底片里，在鲜艳的注射用染色剂中成为病人；我们依仗“拥有身体”之普遍法则所赋予的权力，被冠以成像族（imagelings）的名号。“憋好尿再来。”技师在电话里对成像族说，同时谋划着去打探我们有趣的体内世界。超声波能在人的子宫中找到新生命，也能找到正在孕育的死亡。

我们生病，然后我们的病症跌落到科学那冷酷的掌心上，跌落到从容自信的显微镜玻片上，跌入卑劣的谎言、同情和公共关系里，跌入浏览器的新页面和书架上的新书里。而这具身体（我的身体），它对不确定与不可知之事缺乏天赋；它在癌症的陌生术语中摔碎，坠落到语言的裂痕中。

有些人在身体感到不适时并不采取行动；有些人将他们的症状提交给搜索引擎，但仅此而已；而另外有些人有条件告诉专业人士自己哪里感到疼痛，以便专家争相提供诊断叫牌[1]。这第三种人会沿着一系列症状追逐一个承诺。他们要求做检查，质疑问题的答案，千里迢迢去拜访那些有可能看出他们到底哪里病了的专科医生。

如果症状流传得够久，一系列不适可能会得到被冠名的恩典：某种疾病、综合征、过敏症，一个个可用来搜索的关键词。有时单是这样就称得上是治愈了——似乎受理申诉本身就是一种补偿。有的时候，给人提供一个用来称谓他们所受痛苦的名字是对付那痛苦的唯一疗法。

在这个有太多人在遭受太多痛苦的世界，有一种普遍的

1 叫牌，桥牌术语。在桥牌游戏中，发牌之后、出牌之前要进行叫牌。叫牌以特定的符号和用语来进行，目的是使同伴之间互通牌情，以便找到最佳定约。——译注

患病状态，这种状态形态模糊，常被忽视，但它至少向人们提供了进入一个不明确共同体的入会许可。有待诊断的不适形成一片感知布景，装满未经疾病范畴驯服的古怪疼痛和突发感受。无名的不适要么被搁置，要么被贬为普遍现象，要么被打发至与精神科为邻。

受神秘不适折磨的身体将自己暴露给医学，期望获得用来描述自己所受痛苦的词汇。若那痛苦未能得到足够描述它的字眼，忍受痛苦的众人便要一起发明它。于是待诊断的病人发展出有关未经驯服的疾病的一类文学、一派诗歌，以及有关他们对答案的找寻的一种叙述。他们费尽心思调整饮食、鉴定养生方案以应对医学的失败。在精简进食、矫正性防治以及一次次专业人士检查汇合成的混乱场面中，健康与不适都走失在医学的边界，它们抵抗疾病的定义，也拒绝痊愈的可能。

而癌症向来不愿安静入场，它总挟卷着一大波专家和尖端技术隆重降临，在监视和专业人士的宣告中到来。我们的感官几乎无法告诉我们有关这场疾病的任何信息，医生却要我们相信那些我们所无法看到、察觉到的一切有可能会杀死我们。于是我们就这么相信了。

“他们告诉我，我得了癌症。”在化疗注射室里，一位老人如此对我说。接着他低语：“但我持保留意见。”

而我们早就知道有哪里不对劲，知道这世界错了（它灾难性地错了），知道我们错了（同样是灾难性地错了），知道各处都是灾难性的错事（任它是什么事）。

我们在群体性健康的虚饰下病着，又在让人揪心的病中世界里安然无恙。

我们孤独，却无力建立切断孤独所需的联结。

我们过度劳累，却醉心于自己的不辞辛苦。

我想我病了，在某种意义上病了；我感到不适，精神层面上的不适；我在一时的浮士德精神中倒下了，倒在这与魔鬼交易的世界中。

# 2

生于尼禄统治下的古希腊演说家埃利乌斯·阿里斯提得斯为了治疗自己的疾病，曾睡在医神阿斯克勒庇俄斯的神庙中，遵从梦中医神的指引。阿里斯提得斯患病时二十六岁。之后的很多年，他都和众多梦寐者一道，住在阿斯克勒庇俄斯位于帕加马古城的神庙中。在那里，病人等待医神的旨意，伫候神圣的处方在他们的睡梦中出现；醒来后，他们便遵从那些处方的指引。如今，我们睡在已被遗忘的神的辖区，统计数据成了一种隐秘不明的神秘主义。

我们这个世纪极其擅长制造噩梦，却对解析梦境一窍不通。在梦中，我同一位曾夸我打扮得好看的肿瘤科医生一起闯进奥克兰市梅里特湖旁的全食超市[1]。同样在梦中，麦当娜是我两门课上的学生，她赤裸着胸部来上课。我为了某个

---

1 全食超市（Whole Foods Market），美国食品超级市场连锁店，专门销售有机食品。——译注

目的去了某个村庄，费力拖运过多的器材。村庄里有一些名人，但我记不清是谁。我与人展开一场关于整个世界和天堂的辩论，接着和我辩论的男人发信息跟我说：“我正试图弄清楚你是从哪个中心来的。”

初被诊断的病人有了互联网便成了信息中的梦寐者。数据像是小小的神灵一样到访。我们醒着，死盯着屏幕中的深渊度过一天，体会着被量化的束缚，尝试着在读柱状图时保持呼吸。我们的脑袋里装满样本量和存活曲线，双眼蒙眬，身体对那些数字和公式满怀敬意。

植入化疗输液港[1]会很疼，护士告诉我。越年轻的病人，植入输液港时会越疼。我忍着不洗澡、不梳头，不再随心所欲地移动身体。我不再去想自己身体的其他部分以及它们还能做到的事，因为疼痛的部分使其他部分都逐渐褪去了意识。这时有人发给我用小苏打治疗癌症的链接。另有一位曾经的学生写来电子邮件，询问我是否听说过果蔬汁疗法。

---

1 输液港（implanted venous access device/port），一种完全植入人体内的闭合输液装置。——译注

公元2世纪70年代初，在马可·奥勒留统治下那令人忧心的年代，患病后的埃利乌斯·阿里斯提得斯写下了他的“梦之书”《神圣传说》(*Hieroi Logoi*)，讲述来自医神阿斯克勒庇俄斯的旨意。[1]传说阿斯克勒庇俄斯是阿波罗和一位人间女子的儿子，马人抚养他成人，教授他医术之道。在某个版本的神话中，阿斯克勒庇俄斯的医术太过精湛，以致冥王哈得斯担心冥界会因此变得空荡，便派人杀死了他。《神圣传说》不单是对神旨处方梦境的记录，同时也是有关在某时某处拥有某个身体的自述。神圣的做梦者带着莎草纸进入孵化梦境的房间。对罗马人来说，做梦似乎就是为了让人将梦境记录下来。据称，在阿里斯提得斯“梦之书”的原始素材，即他记载梦的日记中，有着三十多万行的梦境记录。后来，学者将他那无缘被后人阅读的日记称为“被否决的”讲述方式。[2]

《度亡经》同样提供了解析梦境的指南，供人将梦当作有

1 Aelius Aristides and Charles A. Behr, *Aelius Aristides and the Sacred Tales*, Amsterdam: Hakkert, 1969.

2 Lee T. Pearcy, “Theme, Dream, and Narrative: Reading the Sacred Tales of Aelius Aristides”, *Transactions of the American Philological Association (1974— )*, vol. 118, 1988.

关病情发展的预言来剖析。书中，作者从不同的梦境中预见死亡的来临：被乌鸦或是痛苦的游魂包围，被一群死人拖着走，或是赤身裸体、头发被剪断。癌症治疗使得我时常几近全裸，一头短发。我查阅PubMed[1]而非我的梦境来搜寻线索，解析自己还能活多久；而读得越多，就越是害怕死于残酷又昂贵的治疗过程。接下来的几个小时里，不甘心的我在眼前的数据、网店和假发店的买家评价中交替往复。我想象自己身上戴着一千件假物，体内含着另一千件假物——一千件假物即将出现，一千件假物正汇聚成形，而另有一千件假物逐步退却。

古代医学家盖伦曾写道，阿里斯提得斯的身体虚弱无力，灵魂则十分强壮，像他这样的人很少见。[2]阿里斯提得斯在“他的整个身体都日渐衰弱”时依旧持续写作、教学、讲演。我在网上搜索我的病，而后在它那超现实的数据化搜索结果中感到孤立无援。我虽然对自己灵魂的强度谈不出什

1 PubMed，提供医学论文摘要及数据咨询的免费搜索引擎，由美国国家医学图书馆维护管理。——译注

2 Michael T. Compton, “The Union of Religion and Health in Ancient Asklepieia”, *Journal of Religion and Health*, vol. 37, no. 4, 1998.

么具体看法，却也是个必须工作以维持生计的普通人。于是在患病期间，我同样持续写作、教学、讲演。在处理待办事项的间隙，我搜索死亡，绝望地渴求某项研究能告诉我，我会活下去。我开始梦到死亡，并清楚地明白我不该遵从梦的指引。我醒来，祈求自己这具身体能成为终有一死的世人命运中的例外。我在LifeMath[1]上阅读预后的估算结果，接着又睡去；梦里，死亡以数据曲线的形态出现在我眼前。

发现它的那天，我正在写一个我已经写了很久的故事。故事有关我如何和某个人重新在一起，我们为何不该在一起，以及我多么希望我们能尽快停止这样在一起。我们并不

1 LifeMath由美国马萨诸塞州总医院定量医学实验室的癌症数学团队研发，其关于乳腺癌的内容包括存活率分析、淋巴结状态、疗法以及预后的估算。用户将个人变量信息录入在线计算器后，可在下拉式菜单中选择以死亡率曲线、存活率曲线、统计图表、柱状图或扇形图的形式呈现癌症预后数据。

快乐。我们向来没办法做到共处一室而不睡到一起，但睡到一起后的我们又总是不快乐，就这样我们不断回归到这样的处境，在床上，不快乐。我们认识彼此很多年了，而我们对彼此的认知是一张经久不衰的网，网上写满了我们不该，捕获着我们自作自受的荒谬痛苦。

先是做爱，接着是被发现的肿块，接着是上电梯去取电影票，接着打电话预约医生，接着在日记里写，我多么希望我们也许终于离不再仅仅因为地球上有对方存在就苦不堪言更近了一步。我没写下我们发现我胸里有块什么东西，或是我们看的动作片的名字，或是我们下床的时间。

那时我对癌症知之甚少，让我恐惧的并非癌症本身。我的恐惧来自搜索引擎。我害怕当我输入“胸部肿块”时电子屏幕会弹出的内容，害怕流传在博客和论坛间的疾病文化，害怕被动变为病人的过程——那病人带着称呼、签名、剧痛、网络新词，和别人的鼓励。转移性，义乳，NED[1]。自第

1 NED（no evidence of disease），癌症研究术语，意为无疾病状态。——译注

一天起，我便为自己的这些词语而恐惧。

接下来的事平淡无奇——我在日记中以精准的回避手法，记录下当人因某事忧虑却不肯明说时的细微动作。我写下自己如何洗衣、扫地、铺床，发誓会结束这段棘手的恋情。我将这个故事讲给自己，以逃避讲述另一个故事。

我们被告知癌症是个入侵者，要与之斗争，又被告知它是我们自身偏离正轨的一部分，或者是一种野心过于旺盛的细胞类型，是资本主义的一个比喻，是应与之共存的自然现象，是死亡的某种特定媒介。我们被告知它在我们的DNA里，或者在这个世界里，再不然，便是在基因和环境难以辨清的混合物中，没人有能力或动力去找到它。我们得到的只有概率中的噪声，它告诉我们，起因存在于我们的身体中；而概率中的沉默——癌症的来源遍布我们共处的这个世界——却未被通报。我们的基因被检测，但饮用水没有被检测。我们的身体被扫描，但空气没有被扫描。我们被告知它存在于我们情绪的错误里，或是被告知它存在于我们肉身的必然中。我们被告知疾病和健康有别，急性和慢性有别，活着和死去有别。癌症的消息出现在显示过总统大选新闻的屏幕上，与它同时到达邮箱的还有社交媒体上的好友邀请。放射科医生使用的散列线标志和无人机驾驶员的一样，承载着癌症的屏幕同时也上演着所有经过调停的全球恐怖行动和非现实事件。

罹患癌症的感觉一点也不真实。癌症给人的感觉像是一个外星生物，被工业发达的现代资本主义以忧虑为由头，促成了一场与人类的意外碰面：始于星际，感知参半，糟糕透顶。癌症治疗像是一场梦境，我们只能从中不完全地醒来，接着发现不完全地醒着是“梦之书”的另一章节，书中的梦是一份文献、一个容器，装着醒来和沉睡、一切欢愉和痛苦、不能承受的谬论和随之而来的喷薄的意义。梦中的每一刻都广阔得让人无法忘却，而关于梦的每一缕回忆都很快被健忘的人们所遗弃。

胸外科医生说，患乳腺癌最大的风险因素就是拥有胸部。她要我有人陪伴才肯告知我第一次活检的结果。我的朋友卡拉做着按小时计薪的工作，如果请假就会失去生活所需的薪水，于是她不得不在午休时间开车到郊区的诊所陪我，好让我拿到诊断结果。在美国，若你不是某个人的孩子、父母或是配偶，法律并不会为任何人请假照顾你提供保障。[1]如果你在家庭的围城之外被人爱着，法律不在乎那爱有多深刻——即便是被世上所有不被官方承认的爱包裹，当你需要他人照顾时，这照顾也只能在暗中偷来的片刻中发生。我和卡拉坐在天窗下的浅褐色会议室里等待医生时，她把随身携带的小弹簧刀递给我，好让我藏在会议桌下的手在紧张时有东西可握。经过这一系列戏剧化的事前准备，医生所讲的不

1 据美国劳工部工时部门报告，保护美国全职劳动者的《家庭与医疗休假法案》中的十二周（无薪）假期仅保障劳动者照顾“有严重健康问题的配偶、孩子或父母”。

过是我们已经知道的信息：我有一个——至少一个——恶性肿瘤，3.8厘米，位于我的左胸。我将浸满汗水的小刀还给卡拉，而她回去接着工作。

由胸外科医生送交给肿瘤科医生之后，我拿到了余下的病理报告。在悉达多·穆克吉关于癌症的“传记”《众病之王》中，波斯王后阿托莎是位具有标志性意义的乳腺癌患者，患癌的她从公元前550年穿越时空去寻找治疗方案。我第一次去肿瘤科也是我第一次去满是化疗病人的候诊室，他们中没有一个是皇室成员，从此，穆克吉那有关贵族患者执着于巡视不同医学历史的思想实验在我眼中化身为癌症文化中常见的典型谬论。癌症并非一成不变地封印在无关历史的身体内，在技术进步的轨道上移动。[1]没有病人是完全孤立的个体，每一位受难者——那些苦于癌症治疗的人，还有那些苦于照顾癌症患者、疲惫不堪的人——都夹杂于星罗棋布的社会关系和经济关系中，受制于我们这个时代的细节。

1 Siddhartha Mukherjee, *The Emperor of All Maladies*, London: Harper Collins, 2017.

疾病的历史并非医学的历史，它是世界的历史；而人拥有身体的历史，是为少数的利益对余下的大多数所做之事的历史。

在一张黄色的纸片上，肿瘤科医生写下了“荷尔蒙受体阳性乳腺癌”，字迹就像小孩子的一样——因为他长得实在很像小天使，我和朋友后来私下叫他“宝宝医生”。他解释说这种亚型有对应的靶向疗法，然后在纸上把这几个词画掉。接着他写下“HER2阳性乳腺癌”，解释说这种亚型也有对应的靶向疗法，然后又把它也画掉。接着他写下“三阴性”，解释说还没有针对这种亚型的靶向疗法。这种亚型占乳腺癌的10%—20%，相对其他亚型，它可选的治疗方案最少，预后显著欠佳，死亡率很高。他说这就是我所患的亚型。他说我的肿瘤是坏死性的，也就是说它生长的速度太快，没顾上给自己搭建基础设施。他写下肿瘤的生长率：85%。我问他这数字意味着什么，他告诉我说Ki-67[1]标记指数“但凡高于20%”的都是高侵袭性肿瘤。接着他说，“新

1 Ki-67是一种和细胞增殖相关的核蛋白标志物，它的过表达和癌症病人中的较低存活率相关。

辅助疗法化疗”，意思是要“立即开始”。[1]我没有同意再次接受活检。我不想去检测剩下那几个医生担心是肿瘤的活体组织和硬结：一个确认无疑的肿瘤已经是够坏的消息了，而它的治疗过程将极具侵略性。再来一次痛苦的干预性检查去探清还有什么别的肿瘤，我觉得这没有任何意义。

有一件事穆克吉在书中说得没错：如果波斯王后阿托莎所患的是抗化疗的三阴性乳腺癌，“她存活下来的概率将几乎不会有什么改变”[2]。宝宝医生暗示我，不接受化疗就等于选择死亡。我想，若接受化疗，感觉则像在死去却或许又能活下来，或者是死于继发的副作用而非起初的疾病，再或者是最终活下来，几乎复原，但又并非完全恢复。回家的路上，车载广播里的歌曲提出了一个我没有足够力气去解决的问题：我应该留下还是离开？[3]我不断换台，却找不到一首

---

1 新辅助疗法化疗意为手术前的化疗，除了用于高侵袭性癌症或大型肿瘤之外，在乳腺癌疗法中并不常见。三阴性乳腺癌使用新辅助疗法化疗的一个好处是这种疗法允许对肿瘤部位进行监控，直至达到“病理完全缓解”，也就是说，所有癌症迹象都被化疗彻底抹去。

2 Mukherjee, *The Emperor of All Maladies.*

3 *Should I Stay or Should I Go*，英国乐队 The Clash 在1982年的专辑 *Combat Rock* 中的一首歌曲。——译注

有合适答案的歌曲。留下或是离开牵扯到在这生命中留下或是离开。我应该活着还是死去？然而如此坦诚直白的问题并不存在。自躺在检查台上的那一刻起，病人就已将她的生命交于一张狭窄的答案之床上，而那些与之对应的问题却从来不够明晰。

“这病的结果会是怎样？”这像是侦探、艺术收藏家、笔迹学家或是任何将不显眼的次要细节带入故事中心的人会问的问题。[1]当事物作为其本身而非其功用而存在时，它便拥

1 卡洛·金兹堡收在《线索、神话与历史方法》中的短文《线索：证据范式的根源》对我有关诊断过程对生存体验之作用的思考产生了很大影响。金兹堡描述了由19世纪艺术史学家乔瓦尼·莫雷利发展出的“莫雷利法”，一种利用对次要细节（例如耳垂或是指甲）的细致研究去鉴别画作真假的方法。金兹堡认为莫雷利法和夏洛克·福尔摩斯及西格蒙德·弗洛伊德处理问题的方法有关联。在所有这些方法以及癌症诊断中，那些看上去不重要的细节将成为最被小心探究的事。因此，那些曾经仅仅是它们本身的事物成了“证据”，在癌症诊断和刑事调查中，这种证据可以令一个人就此坠入地狱。

有一种魔力。也正因如此，当我们开始相信一系列细胞可以预测出明年六月的剧痛时，这种魔力便开始褪色了。在这种持怀疑态度的解读之下，再没有什么和从前那种魔力一样纯粹——从前，掉落的头发仅仅是对头颅之美的一种记录，而非很快要被收进塑封袋的犯罪证据。

确诊癌症后，绝大多数事物都不复从前。护士递给我一本用亮面纸印刷的册子，封面上一位头发花白的女人在微笑。册子的标题是《您的肿瘤之旅》，但我确定那旅程并不属于我。每一步都在去往德尔斐的路上，遍布神谕，如今的每一点幸运都伴随着“一切都可能更糟”的诅咒，而最糟的情况比更糟还要糟。整个过程中，占卜师不断主动接近旅人，向他们提供预言，声称有能力通过各式奇异的手段来确保好运、回避不幸或是解答命途为何如此，而这一切看上去都像是基于谎言的更多谎言，层层叠加成一团愈来愈令人作呕的、灾难的真相。这真相说，我什么都无法知道，那还尝试什么呢。

同时，每踏出一步所伴随的全部感知都像是犯罪现场一样惊人。所有细节都被轻易地无限放大，变为控诉这世界大错特错的证据，而每一个感知的犯罪现场也是数不清的未来或是当下其他罪行的现场。有的罪行以治愈为名，有的则以世界如今的面目为名，所有这些罪行都在侦察的过程中发生，所有罪行都同时产生更多感知以及一片奇观、一场屠杀和一个诠释的机会。在伤害上叠加更多伤害，占卜上累积更多占卜，谎言上构建更多谎言。

如今，被诊断患有癌症并不意味着就此生活在某个宣传册的轨迹中：您的肿瘤之旅是一个谎言。约翰·凯奇写道："一幅画并不是对于说出的话和其回应的记录，而是一种浑浊的表象——既赤裸又隐晦的历史之身躯的浑浊表象。"[1]在我们这个时代做一位癌症患者，意味着以一种浑浊的样貌存在——那样貌属于既赤裸又隐晦的身体之历史。

---

1 John Cage, *A Year from Monday: New Lectures and Writings*, Middletown, Conn.: Wesleyan University Press, 1969.

# 3

埃利乌斯·阿里斯提得斯将他以梦寐者的姿态住在医神阿斯克勒庇俄斯的神庙中的那段时间称为他的主教权威时期。眼看死期将至的人是不能进入神庙的，怀孕的人也一样：出生和死亡被小心翼翼地归置在周遭其他构筑中。虔诚的病人沐浴、焚烧贡品、睡觉、醒来，向彼此讲述梦境以打发他们在神庙中的时间，接着他们便遵循梦中得到的神圣处方而行事。这些梦寐者的梦境处方分为两种，一类的指示大抵属于古罗马医学治疗范畴：禁食、食疗、药物、放血、通肠；另一类处方则荒诞到帕加马古城的医生们听了都会感到不寒而栗。

癌症诊断侵蚀了我辨别有益建议和空洞意识形态的能力。[1]

1 在本书中，我用“意识形态”（ideology）一词指代一种源自历史境况的共同现实。意识形态常常让我们感觉十分自然或是十分真实，以至于它在日常生活中被默认为事实真相，直到我们无法回避针对它的不实之处的痛苦证据时，才会被仔细审视。在我的个人经历中，一场像是乳腺癌这样的危机往往会催发意识形态的过剩发展，并在这种发展中制造众多的自相矛盾和前后不一，直到那些通常被接受的不实之事被迅速地揭露，而没有别的事实——至少没有人们共有的那种事实——能够立即替代这些不实之事的位置。

我收到的每一条应对癌症的建议乍听上去都像是这个自己生了病的世界的症状。我在日记中写下“和那机器亲密相处的身体”，接着在一个论坛上读到将头发剪短可以使最终的脱发变得不那么难以忍受。我试着相信它。我通常都是自己剪头发，但这次我在一家叫“美好年代”的发廊预约了理发师。我坐在升高的椅子上，一言不发，任由一位金发陌生人将我的黑色长发剪得短到不及肩膀。当我的头发一堆堆坠落，躺在地上等待被低收入的杂工扫走时，我才意识到虽然自己不曾察觉，但我曾经——起码在生命中的一些年里——几乎是美丽的，而今后再也不会了。我同时也想到，我一直坚持认为生命中最好的事就是头发总会长出来，但如今它简单地证明了没有什么是一成不变的，世界总有改变的可能。现在不光是我的头发会脱落那么简单——我的毛囊将会枯竭，痛苦地死去，而且即便我自己能接着活下去，那曾经会生长的将不再生长，而我曾以为掌握的理解世间万物的证据都不得不重新经受检验。

“人的境况真是无常而悲苦啊！”英国诗人约翰·多恩

在他1624年于病榻上写下的杰作《紧急时刻的祷告》[1]中如是感叹。这本由二十三个章节组成的散文集是多恩在以为自己死期将至的一场持续二十三天的重病中写下的，“刚刚我还身强力壮，顷刻间就病痛缠身”[2]。

在你告诉他们之前，没有人知道你患了癌症。我将约翰·多恩的第一篇祷告的片段截图发布在网上：“人们渴望健康，煞费苦心于食物、饮料、空气、运动；为保持健康，我们不懈努力。然而，一个突发事件令一切前功尽弃；我们惨淡经营，殚精竭虑，终归疏而有漏。疾病不期而至……一

1 参见：John Donne and Izaak Walton, *Devotions upon Emergent Occasions: And, Death's Duel*, New York: Vintage Books, 1999（约翰·多恩：《紧急时刻的祷告》，中文版书名为《丧钟为谁而鸣：生死边缘的沉思录》，以下关于本书的引文参考了林和生译本，略有改动，谨此致谢。“丧钟为谁而鸣”是本书第十七章中的名句。——译注）。

2 John Donne and Izaak Walton, *Devotions upon Emergent Occasions: And, Death's Duel*, New York: Vintage Books, 1999.

瞬间征服我们，占有我们，控制我们，摧毁我们，令我们倍感沮丧。”[1]

这张截图收到了很多“赞”。接着我遵循网上的指南：告知我的母亲，告知我的女儿，给厨房进行一次大扫除，和我的老板谈判商议，找人帮忙照看猫，去二手商店寻找合适我穿去接受输液港植入的衣服，在电话里向朋友倾诉关于没有人能照顾我的担忧。还有一件事被毫不客气地决定了——医生将会摘下我的乳房并将它们丢进焚化炉中，于是我开始练习假装我的乳房从来没有存在过。

患高侵袭性癌症的人很少能够拒绝任何人提供的祈祷、魔法或是金钱。朋友为我开启了线上筹款。略有交情的人送

1 John Donne and Izaak Walton, *Devotions upon Emergent Occasions: And, Death's Duel*, New York: Vintage Books, 1999.

了我开运水晶。基于别人的建议，我尝试了催眠疗法，试图回溯前世。似乎其他人在回溯中都是皇室贵族，而我则是一位患麻风病的暮年老人，乞讨中的我比任何时候都更加病态、更为悲惨。在另一个前世中，我是一个几乎没能活着就很快要死去的孩童。我并不相信所谓回溯前世，但我可以想象，我曾在每一个可能存在的轮回中都将无名小卒的角色扮演到极致。

供人们祈求痊愈的古代神庙往往坐落于泉水和洞穴旁的山谷中。病人给医神阿斯克勒庇俄斯送去象征身体病患部位的物品——比如大腿、胳膊、眼球的雕刻品——以谢恩还愿。传说阿斯克勒庇俄斯的力量强大无比，以至于他可以利用美杜莎的血将死人复生。还有人说阿斯克勒庇俄斯最宏伟的一座神庙里有个装满一千条蛇的深坑。这些庙中的蛇有时会被放出来，而梦寐者则因能碰上蛇而欣喜。他们相信如果蛇滑过脚趾，他们就会痊愈。

当代肿瘤的形象大都由面孔构成，所有这些面孔都洋溢着超越年龄和种族的快乐。癌症治疗说明手册上那些洋溢着笑容的面孔展现出癌症的社会形象（光头，点缀以适当颜色的丝带），却不包含任何痛苦的痕迹，没有来自癌症本身的痛苦，也没有任何别的痛苦——没有工作负担，没有种族偏见，没有心碎，没有贫穷，没有虐待，没有失望。我们的庙宇收集那些已将所有历史净化的笑容，每一张描绘我们疾痛的照片都是为那虚有其表的幸福还愿谢恩的祭品。

如果我是阿里斯提得斯时期的梦寐者，我会献上那异化的数学算式作为我的还愿祭品，因为它拥抱着、爱抚着那致死的必然。我原来并不觉得自己病了，但事实并非如此。在发现肿瘤和开始化疗之间的那几周里，那颗肿瘤开始疼痛并且再没停下，它的生命不断叫嚷着和我对抗。我问外科医生这是不是因为肿瘤在生长，因为我得的是高侵袭性的癌症。她说："是的，你这种类型，大概是的。"我过不了多久就会知道自己病了。我过不了多久就会带着我的左边乳房作为还愿的献礼去阿斯克勒庇俄斯的神庙。

我开始收集圣阿加莎[1]端着她被切除的乳房的画像。阿

1 西西里的阿加莎（Sant'Agata，231—251），也被称为圣阿加莎，又译为圣亚加大，是天主教会中最受尊敬的处女烈士之一。——译注

加莎是乳腺癌患者、火焰、火山爆发、单身女人、酷刑受害者和强奸受害者的守护神。她同时也是地震的守护神，因为当凌虐她的人强行切除她的乳房时，大地开始震动，为她复仇。

# 4

拥有魔力不同于故弄玄虚。前者是为存在而存在的事物所拥有的一种平常魔法，而后者则是一场狡猾的骗局。故弄玄虚模糊了公共世界的简单事实，好阻止我们改变它。癌症自身魔力的消退为它的故弄玄虚让出了空间。在患乳腺癌前，我没怎么想过有关乳腺癌的问题，而起初开始认识乳腺癌的时候，我以为它很简单。我曾经以为它已不再像从前那样致命，它的治疗方案也已变得简单，患乳腺癌后的生活会被暂时中断，但接着你会熬过去。也许如果我患的是另一种亚型的乳腺癌，情况确实如此；但就我的癌症而言，没有任何一件事是简单的，找到事实真相尤为如此。所有信息似乎都被潜心设计成了让我困惑的样子。

一定存在着一个简单的事实，或者一组简单的事实，但我隔着电脑屏幕无法看到它。我带着近乎热切的真诚寻找，期待一个可以活下去的保证。

我的肿瘤始于屏幕，而我又将它归还给屏幕。我将它的各项精确特征输入一个号称会以统计图表显示未来的预后计算器中。四十八张深粉色的、皱着眉头的脸代表死去的女人，五十二张绿色的、微笑的脸则代表活下来的女人。所有这些脸都和我一样，四十一岁，有着完全一样类型的疾病，但没有一张脸——无论活着的还是死去的——写着为什么、在何时以及是谁。

我对患癌一无所知，但我知道如何回避讲述一个故事。昨晚我的梦则是另一种架构——它发生在一栋律政电视剧中常见的城市玻璃办公楼中，背景里打着蓝光。

一切关于患病的记录都是先写在我们的身体里，而后才出现在笔记本中。癌症很少能够和情色共存，而这或许并非一部小说，但我宁愿做玛格丽特·杜拉斯，去记录爱与随之而来的失望。治疗开始后，我的情欲是对辅助设备的渴求：一台轮椅和一个推它的人，一只床上便盆和一个清洗它的人。接着我的渴求是每次我不得不挪动身体时都先花一个小时的时间考虑“挪动”这件事，在大脑中一遍遍演习动作的过程，预备好我身体里每一个将不得不挪动的部位以及它们将如何和其他部位协作，接着在真正挪动时意识到那一切心理准备都丝毫没能降低动作的难度。生病前我曾算得上强壮，而很快我便虚弱到每走一段短路，比如从床到卧室门的不到两米路程，都气喘吁吁。起初我曾醉心于饮食男女；而后无法也不想吃饭、做爱；再后来这些都变得无关紧要，因为买菜、做饭或是抬起手来温柔地轻抚身边不存在的那个人需要付出太大努力；再后来，我连睡眠都失去了，因为身体一直处在多发的疼痛中，没有足够的能量去缓解那来势汹汹的极度疲惫。我接下来会描写这种疼痛和极度疲惫，但这描写如克拉丽丝·李斯佩克朵所说，就像是试图用照片记录某种香水的气味。

李斯佩克朵说她的小说《生命之泉》（*Água Viva*）是

“关于一些转瞬即逝的片刻的故事——那些片刻像是从火车车窗中看到的难以捕捉的车轨一样在逃跑”[1]。阿里斯提得斯则在他的《神圣传说》的开篇就宣告了描写疾患体验的困难所在：

> 一些朋友曾请求和鼓励我讲讲或者写下这些经历，但他们从未能说服我。我避开了这件不可能完成的事。对我来说，这就像是要在游过所有海洋后，被迫交代我遇到了多少海浪，在每一个海浪中的感受如何，以及是什么拯救了我。[2]

---

1 Clarice Lispector, Stefan Tobler, and Benjamin Moser, *Água Viva*, London: Penguin Classics, 2014.

2 Aristides, *Sacred Tales*.

# 癌症大楼的诞生

一种恐惧终日困扰着我：当我以为自己在陈述某种真相时，可能只发出了一声叹息。

——司汤达《爱情论》（1821年）

## 来自以赞助人命名的癌症大楼远郊附属诊所的一封通告

在各种令人沮丧的社交场合，一把把抓下你的头发：在丝芙兰，在家事法庭，在美国银行，在你打工挣钱的地方，在和房东交谈的时候，在莱文沃思监狱[1]，还有每一个被男人们凝视的时刻。为争取你需要的一切而努力与人交涉，因为眼下的你比以往任何时候都更需要这些。若是争取不到，就在拒绝你的人面前使劲拽下自己的头发。将一簇簇头发留在树林与草原，留在连锁便利店的停车场，留在每一个看在你“长得好看”的分上，免费向你和女伴赠送鲜酿扎啤的酒吧门口。

把头伸出车窗，任风吹落你的头发。让朋友一把一把地将它们收割，再由其他朋友留在令人沮丧的社交场合：撒在海港，散在文化古迹景区，留在让普通人感到愚蠢渺小的建筑物里，扔在街上骚扰路人的混账身上。

1 美国堪萨斯州的一所监狱。——译注

把你的阴毛一簇簇连根拔起，放在空白信封里寄给那些科技精英。将腋毛留在你昔日住所附近的超级基金区[1]。把鼻毛送给不批准你请假的人事部职员。

当你的眼睫毛掉落时，许个反愿，送给每一个在你生病后消失的人。你的头发将掉落在周遭每一个表面上，组成新的字符和词语。仔细解读这些词语将助你破解你的病因：它们通常会拼出“资本主义”这个词。幸运的话，你还会辨识出另一个词，它意为“疾病使你化身为一种军事储备”。头皮上的斑秃会让你学会如何将正在死去的细胞变成武器，以抵抗你恨的和恨你的一切。

如同正在掉落的头发，身体也将被你视为武器；在它衰落时如此，未衰落时亦如此。依照这套将病人作为武器的全新理论，你的朋友会说，如今照顾你像是在维护一批武器。你的房间已成为一间军械库。所有给你送饭送水的人，都是在给枪上膛。

---

1 超级基金是美国联邦环保署制定的针对重污染场地的管理项目，旨在辨别、调查和清理土壤及地下水被有害物质严重污染的区域；这些重污染区域则被称为超级基金区。——译注

# 1

癌症大楼内人们的容貌展现了一种残酷的民主：同样光秃的头顶，糟糕的气色，因激素而浮肿的脸，还有在皮肤表面突起的塑料化疗输液港。老者咿咿呀呀，青年老态龙钟，中年人发现自己失去了一切中年的特征。

我们身体的边界开始瓦解，所有本应留在体内的物质接连流散开来。化疗引发的鼻血滴在床单和文件上，滴在超市收据和从图书馆借来的书上。我们无法停止流泪，我们散发出腐烂的臭味，我们呕吐不止。

我们的阴道和精液变得有毒。我们尿液的毒性强到连医院厕所里都贴着标志，要求病人在小便后冲两次水。我们看上去不像人——我们像患了癌症的人。我们在象征自己之前首先象征一种疾病。

语言不再遵从它的社会功能。我们对词句的使用变得像接近一枚错放的炸弹一样小心翼翼。有人提起天气，而我们错乱的回应是来自另一虚幻对话的只言片语："我们必须学会接纳自己想要的东西。"语句抵抗句法结构，词语重新排列组合，成为昔日熟知词语的拗口翻译或是从来不曾认识的陌生单词。那些曾由母亲教会说话的孩子如今眼睁睁看着他们患病的母亲像是牙牙学语的婴儿般，吃力地比画着双手，却叫不出"电视"或"杯子"的名字。

在候诊室里，护理的劳作与数据的劳作相互交织：妻子帮丈夫填表，母亲帮孩子填表，生病的女人帮自己填表。

我是一个生病的女人，我的名字由我自己填写。每次就诊时医院都会将我的信息从数据库中打印出来，让我确认核实。如果没有我们这些病人，数据库怕是要空了。

接待员负责分发表格，制作条形码手环，再将手环交由负责扫码的女职工。护士助理的身影若隐若现，站在走廊尽头，用身体抵开门，呼叫病人的名字。这些女人是存在于临界地带的助理，她们在电子秤上为病人称重，在狭窄拥挤的准备区为病人测量生命体征。接着她们把病人（也就是我）领到检查室里，登入电脑系统，将我的身体刚刚生成给仪器的一连串数据录入到系统里：我的体温冷暖、心率高低。接着她们问我："从1到10，你给自己的疼痛程度打几分？"我试着回答，但正确答案向来无法用数字衡量。量化是感知的敌人。这世上尚不存在一台仪器，能将神经终端发送的感知讯号转换成足够生动具体的测量结果。

在面临身体任性的病情时，当代医学会想方设法地将其转化成数据。这不仅限于通过观测病人身体每天排放与摄入的物质数量而使个体患者成为数据，更牵扯到整个人群——所有人的身体与感知都成了一种关于可能性的计算（患病或健康的可能性、生或死的可能性、康复或受苦的可能性），治疗方案则全部由这些可能性决定。虽然男人和女人的身体都受制于这种计算，但这些基础的计算工作往往仅由女人承担。是她们将捉摸不定、难以计数的疾病迁移到了科技化的医学范畴。

“名字？出生日期？”癌症患者说出她的名字，这名字被打印在手环上邻近条形码的位置，又被打印在各种标签上，贴在抽血的样本瓶或是即将注入她体内的化疗药物上，接着她的身份将被一再核实。尽管我的身份已经通过扫码确认，但医疗保障措施仍需要我口头重复一遍自己的名字，以防万一。于是，我的名字变成了每一样物质进出我的身体时刺破身体边界的那枚针尖。有时我似乎记得自己是谁，但重复使人麻木。从1到10，你给你自己打几分？在癌症这种医学化的抽象之下，我勉强排在身体感知和医疗信息系统后面的第三位。

待我在检查室里脱下衣服，换上病服后，护士走进房间，在电脑上登入医院系统。有时我抽过血，护士便给我看化验报告上一项项血液指标的检测结果。这血液中流淌的物质构成每周或多或少会与上周有所不同，这些时高时低的指标决定着我接下来的治疗预期与时长。护士问我身体感觉怎么样，再把我描述的感知录入电脑，在那些早就做好分类、有着医保代码的“症状”前面打钩。

“照护”（care）这项劳动通常薪酬很低，甚至毫无报酬

（有时也被称为“再生产劳动”[1]，即每天都在孕育新的自己和他人，使活着的身体不断再生的工作，如喂养、清洁、照料等）。它被许多人看作最没有技术含量、最感性、最依赖直觉的一种工作。“照护”常被理解为一种与爱毗邻的感情和陪伴，而它与量化之间相隔甚远，这距离就如同被照护的病人对痛楚的感知与数据的统计分类之间的隔阂一样。“我在乎你”（I care for you）这句话与肿瘤细胞的分化速度意味着完全不同的抽象模式，前者基于情感，后者基于病理事实。而重大疾病离奇地颠覆了这两者的关系——或者说是阐明了它们的关系。我们那曾经坚实且变幻莫测的身体原本充满了感知与浑浊的兽性，如今就这样草率而又猛烈地屈服于医学抽象的病症。与此同时，照护反而变得鲜明而具体。

接待员、助理、检验技师和护士们不仅需要将我的身

1 再生产劳动（reproductive labor），在这里指与生育和繁殖相关的、以提供关怀为主要目的的护理和家务劳动。这类私领域的隐形劳动多由女性无偿完成，其公领域社会价值却往往被资本主义与父权主义忽视。——译注

体指标录入数据库，同时也需要照护（care for）我。医院里测录尿液的人通过聊天给予我安慰，以减轻治疗带来的痛苦。那些反复核实我名字的医护人员在扫我的条形码、反复查对化疗剂量、再将化疗药物连接到我胸腔端口的同时，也曾在我表现出畏惧时温柔地轻抚我的手臂。抽血的工作人员曾讲笑话给我听。护理工作与数据工作以一种看似不成立的方式共存着——相同之处是它们大多都由女性完成。它们和自古以来所有被认为应由女性完成的工种一样，悄然发生，不被注意。人们往往只在这些工作没有被及时完成时才会察觉，就像一栋脏乱的房子总比干净整洁的房子显眼。维持一个看上去毫不费力的背景基准实则需要耗费大量精力：护理工作和数据工作每天都在安静持续地进行，永无止境。从这个角度看，一个患者的档案或许就像一座住了人的房子，只要人还在，就永远有做不完的活儿。

在我的癌症治疗期间，包括接待员、护工、助理和护士在内的工作人员大多都是女性。医生则有男有女，而他们通常只在我的身体到达某些量化的极限时才会出现。医生也会登入电脑系统，但打字不多，有时甚至什么也不录入。当他们的目光扫视屏幕中我身体的最新数据时，我再次想起约翰·多恩的诗句："他们望诊、听诊，用这种方式羁押我，搜集呈堂证供；我的身体在解剖学意义上被切割得四分五裂、暴露无遗，任由他们观察检查。"[1]

如果说女性职工负责将身体转化成数据，那么医生则是解读和阐释这些数据的人。在此之前，其他人已经将我萃取提炼、分拣归类，我也将自己的感知转换成了信息。医生解读我（或者说解读我的身体）时，实际上是在解读一个通过女性劳动产生的、由信息组成的患者。

大约六十小时后，阿霉素（Adriamycin）将再次从位于

1 John Donne, *Devotions upon Emergent Occasions*.

我胸腔并连接着颈静脉的化疗输液港进入我的身体。阿霉素因在亚得里亚海（Adriatic Sea）附近被发现而得名。它的仿制药名为“多柔比星”（Doxorubicin），这种药物呈艳丽的鲜红色泽，因此取名自“红宝石”（ruby）一词。我从未去过亚得里亚海，却很想去看看。我喜欢想象这毒药是那片海里的一枚红宝石。不过也有人称它为“红色魔鬼”或是“红色死亡”，所以兴许最合适它的名字是“威尼斯海畔之撒旦死亡宝石”。

给药时，肿瘤科护士要在与同事核实药物后，先穿上一套繁琐的防护服，再亲手缓慢地将阿霉素推进我胸腔的化疗输液港内。这药一旦流淌在血管之外，将摧毁其他人体组织；它对其他一切人和物都过于危险，因此不适合通过点滴给药。传闻倘若洒溅，它甚至会融化诊所的油毡地板。在注入此药后的几天里，我的体液对他人而言都是有毒的，同时它也会腐蚀我自身的组织。阿霉素有时会对心脏产生致命的毒性，它有终生服用上限，待我结束这段治疗时将会用完此生限度的一半。

阿霉素于1974年在美国获批广泛使用，那是我出生后的第二年。这意味着如果算上获批之前临床试验的时间的话，这药作用于癌症患者的年份比我的岁数还要老。苏珊·桑塔格当年接受治疗时用的可能也是此药，她所撰写的《疾病的隐喻》是我病倒后别人寄来的第一批书中的一本。经受阿霉素治疗的过程像一场古老的仪式，几十年来，不同类型的癌症患者前仆后继地参与到这场入门仪式中，顾不上判断它对他们的治疗是否真的必要。它通过让人秃头并呕吐不止这样的经典招式杀死一切细胞，让人们以为这是肿瘤带来的必然结果。事实上癌症在很多患者的外表上并不会留下太多痕迹，但电影桥段中的"癌症受害者"一定要经历这样的化疗才行。我的治疗以这样老套的方式开始，可见这么多年来医学进步之微小。

阿霉素可能引发白血病、心脏衰竭或其他器官衰竭，并且几乎必然会导致不孕与感染。阿霉素和很多化疗药物一样，在进行摧毁时对所有物质一视同仁，因此它对中枢神经系统也具有毒性。我的线粒体会在用药三小时后产生不良反应，这反应将持续二十七小时，而治疗所带来的损害会在治疗结束后的日子里倾泻而出，时常会持续数年之久。当我坐在输液椅上时，我脑中的白质和灰质正在逐渐消失。而脑损伤的形成往往是日积月累又无法预测的，因此没有人能准确地预言这一切将对我产生怎样的改变。尽管阿霉素已被广泛使用半个世纪之久，但基于它不会跨越血脑屏障，医生有时仍不愿相信病人口中它在认知层面造成的负面影响；当听到病人此类的抱怨时，医生往往轻描淡写地将其归结为其他与癌症相关的不悦。

磁共振成像显示，一些接受过阿霉素化疗的乳腺癌患者的视觉皮层受到了损伤，“背外侧前额叶左中部皮质和前运动皮质的激活程度显著下降”，并且“前额叶外尾侧左部的激活程度显著下降，持续性错误有所增加，信息处理速度有所降低”[1]。患者反映她们正在逐渐丧失阅读、表达、决策和记忆的能力。有些人不仅失去了短期记忆，更是连情景记忆也丢失了，也就是说，她们失去了对自身生活的记忆。

1 Fran Lowry, “‘Chemo Brain’: MRI Shows Brain Changes After Chemotherapy”, *Medscape*, Nov. 16, 2011.

这一切副作用都必然会发生，无法避免；而宝宝医生只在送我去第一次化疗注射的路上才随口向我提起这些；《您的肿瘤之旅》告诫我要用“积极的心态”面对大脑受损的余生，除此之外毫无他法。这些药效或许将持续整个疗程，或许会持续一年，或许会在治疗的多年后再次恶化，或许会持续十年乃至更久。[1]

病人久坐于候诊室里，即便躺下也只是暂时的。纵使身体虚弱得无法坐住，他们也依旧坐着，脑袋耷拉着斜靠在脖子上。无论病得多重，此刻在癌症大楼内接受治疗的病人的大部分时间并不是在医院里度过的：他们在工作中、在家和学校里、在超市或是车辆管理局、在车里或公交车上病着。

1 Tim Newman, “How Long Does ‘Chemo Brain’ Last?”, Medical News Today, *MediLexicon International*, Aug. 19, 2016.

他们有些人坐在轮椅上被亲友或义工推进来，治疗结束后再被推出去，搬到车上运回公寓或别墅里；而这一切，就像癌症治疗本身一样，都要有人付出代价。

“诊所”（clinic）一词源于希腊语词根*clīnicus*，意为“与床有关的”。相反，“癌症大楼”里的“大楼”（pavilion）一词则使人联想到角斗场与战场这类截然不同的场所。这些建筑通常为权贵所筑，临时搭建却奢华无比。它彰显权贵，使与它毗邻的一切都显得微不足道。而就癌症而言，与它相邻的是被我们称为生活的余下的一切。

哲学家米歇尔·福柯写过一本关于疾病的空间布局的著作《临床医学的诞生》[1]，但不曾有人写过《癌症大楼的诞生》，我也无法想象癌症大楼从母体内诞生的场景。在我接受癌症治疗的这个庞大嘈杂的空间里，我甚至从未见过一张床。

发生在癌症大楼里的一切都是短暂、抽象、错位的。患

1 福柯《临床医学的诞生》的法语原书名为*Naissance de la Clinique*，英文译名为*The Birth of the Clinic*。福柯在该书中使用“la Clinique”（“the Clinic”）时所指的是广义的临床医学和教学医院，而不是具体的诊所。——译注

病之人，他们的伴侣、子女、父母、朋友，还有提供护理的志愿者全部循环流动于楼层与楼层、座位与座位之间。医生每天被分配在不同的房间和诊室，患者需要提前致电询问才能知道自己的医生每天被安排在哪里。

癌症治疗似乎是为了某些人——而绝不是癌症患者——的最大利益所筹划的，这意味着癌症患者被控制在最大化、最高效的流通中。福柯写道，“临床教学只能有一个方向，即自上而下，用现有知识来教育无知者”[1]。相较而言，癌症大楼内则维持着一种纠缠不清的状态。它的基点是金钱与故弄玄虚，而非知识与无知。

以“红色魔鬼”著称的阿霉素是科学家在意大利的蒙

1 Michel Foucault, *The Birth of the Clinic*, London: Routledge, 2017.

特城堡附近发现的。蒙特城堡由神圣罗马帝国的腓特烈二世于13世纪40年代建成，既没有护城河也没有吊桥，因此人们推断它不曾用作战时堡垒。由于它从未竣工，有人猜想它只是皇帝的临时寝宫。城堡结构呈罕见的八边形，曾用作监狱，接着在瘟疫肆虐期间用作贵族的避难所。后来，波旁王朝抢走了城堡里的大理石雕刻。再后来，科学家将城堡的土壤带回米兰，从中发现了波赛链霉菌——也就是我在化疗期间用到的那种鲜红色的细菌。阿霉素是一种蒽环类化疗药物，它通过抑制扑异构酶II的方式来约束细胞分裂增长。这些细胞大多是人体必需的，而我们指望它最好也能顺便约束那些人体不需要的细胞。[1]

我在化疗期间同时使用了阿霉素与环磷酰胺，后者于1959年获批。这两者的组合叫作“剂量密集型AC疗法”，是一种常见的给药方案。环磷酰胺是拜耳公司研发的化学

1 G. Cassinelli, “The Roots of Modern Oncology: From Discovery of New Antitumor Anthracyclines to Their Clinical Use”, *Advances in Pediatrics*, U. S. National Library of Medicine, June 2, 2016.

武器“LOST”的药物版本，它有一个更为人所知的名字是“芥子毒气”。相比置人于死地，它更擅长的招数是使人昏厥、失去行动能力。在第一次世界大战期间，LOST曾被广泛使用，令战壕四处弥漫明黄的烟雾。[1]在癌症治疗中，它以塑料药袋的造型登场，整个癌症大楼里没有任何人愿意开诚布公地谈论它。环磷酰胺于1925年被禁止作为武器使用，之后便仅存在于化疗中，而再之后，它将存活于化疗带来的深远影响中：感染、不孕、患癌、认知丧失……试图将它从历史中彻底抹除是一个冗长缓慢的过程。就像在战争中接触环磷酰胺一样，在治疗期间碰到它时，患者最好也找个人握住自己的手。

经过四轮密集剂量治疗，这些老派的药物有效地消灭了我身体的一部分，留下一些半死不活的部分，但是并没能成功消除我的肿瘤。伴随着一大批细胞的湮灭，我自己确实被摧毁了一半，而我的肿瘤却完好无损。它俨然像初次见面时

---

1 Sarah Hazell, “Mustard Gas—from the Great War to Frontline Chemotherapy”, *Cancer Research UK—Science Blog*, Aug. 24, 2014.

那样，是一个被显示屏的亮光包围的、纯粹的阴影。

每位患者都自成体系，存在于充满了其他自成体系的物体的更大系统内，彼此紧密连接。作为一个物体，患者可以选择“运行”（服从指令）或是“停止”（不服从指令）。“不服从指令”意味着“表现出任何能动性”。在治疗过程中，它可能体现为向医生提出过多问题，引入结论不同的研究，拒绝某个手术，或是每每在就诊时迟到至少十五分钟。

我对朋友说，如果我死于这癌症，请将我的尸体大卸八块。把我的大腿寄给嘉吉，左手寄给苹果，脚踝寄给宝洁，小臂寄给谷歌。[1]

1 1988年，艺术家、社会活动家大卫·沃纳洛威茨（David Wojnarowicz）曾在牛仔夹克背面这样写道：“如果我因艾滋病死去，不要埋葬我，将我抛尸在药监局门口就好。”

癌症患者或许会觉得“停止服从指令”是对这个向来物化患者的医疗体系的一种反抗，但他们这么想恐怕是错了。对这个庞大体系而言，违抗指令并不能证明患者是一位独立自主、心思缜密、懂得拒绝的智人。相反，在这系统看来，这种违抗意味着其他系统的介入，比如“虚假消息”和“迷信习俗”等。

医疗体系是患者目所能及的事发现场，但在它前后左右还有更多系统：家庭、种族、职业、文化、性别、金钱、教育程度。在这一切之上，是一个囊括了上述所有系统的制度，它是如此彻底地压倒一切，以至于我们常误以为它就是我们所处的整个世界。

成为一位癌症患者意味着成为一个自成体系的物体，跻身于另一个不完全承认患者所处其余体系的制度内。这最沉重的制度遮盖了世界原本的真实面孔，同时也游荡于那自成体系的物体（也就是“我”）体内。它自始至终难辞其咎，不仅从我们显性的疾患中谋利，更索取着我们潜伏的病症。

这个让我们误以为是全世界的制度存在于肿瘤这个自成

体系的物体之内；而肿瘤存在于癌症患者这个自成体系的物体之内；癌症患者又存在于诊所之内。所有这一切都包含了名叫历史的系统。

这被误认为是全世界的庞大制度——我们错误地以为它亘古不变、不公平且没有解药；它在患者的身体之外留下细微痕迹，既近得让她能看清它是如何残害她的，又远得令她必须眯着眼睛才能勉强识别出它的形状。

渐渐地，人们离去，朋友疏远，旧情人放下你会再爱上他的念头，同事开始回避，对手对你失去兴趣，就连社交媒体上的粉丝也取消了关注。在弃你而去的人的眼中，你或许是世间万物里最被物化的一员，像垃圾一样遭人丢弃；又或许患病的你比从前更充满人性，只因被丢弃的你是那么孤苦伶仃；再或者，你可以同时被物化又充满人性，毕竟自染上这灾难的疾病以来，你发现一切原本看似矛盾的命题都变得具有可能性。

这些人在你生病后不再找你说话，不再拜访你。有人干脆直说他们应付不来你的疾病，说它对他们来说“太难了”。这些姑且自诩健康、弃你而去的人，从某种意义上插手干预了你的存在。你对于他们而言是静止不变的。他们选择离开而不是目睹你受苦消亡，主动将脑海中你的形象停留在确诊的那个瞬间。他们记忆中的你是尚且生动完好的：那个头发浓密、思维活跃、红润脸颊映衬着修长睫毛的你。他们永远不用将你视为除你本身之外的任何东西。

而你尚未习得这种将自己视为一件物品的本领。被抛弃的经历让你觉得自己不再像人，而像一只动物——那种忧郁地注视着世间万物，渴望着能成为它们中的随便什么而非自己的动物：或许可以做一盏吊灯，或是一把镀银的餐叉，或是陈列在墙上的弯刀，任何事物都可以（一张长椅、一个折断的鞋跟、一只蝗虫蜕掉的壳、一支没有电池的手电筒、一本关于船只的书、一道地板上的裂缝、一片下水道里的橡树叶、一把手术刀、一粒微尘、一间阁楼或是一家大型超市）。这些都好过做患病后被遗弃的动物，祈求着能成为这世上的随便什么都好，只要不是曾经被爱过，如今又被抛下的孤身一人的自己。

化疗前的一周像是为即将到来的暴风雪做准备——或者说是暴风雪加上即将上门拜访的客人，甚至是暴风雪加上客人再加上即将出生的婴儿。此外，你可能还要迎接节日和即将席卷的病毒，以及短暂却汹涌的抑郁期。同时，你仍在遭受上一轮暴雪、访客、分娩、节日、病毒和抑郁所带来的折磨。

朋友在化疗的前一天从远方赶来。远方通常是我此刻向往之地，比如加利福尼亚州或是佛蒙特州，抑或是像雅典、纽约、芝加哥这样的城市。接下来的一切会追随“有朋自远方来”的剧本。在这一天，我用从假发网站、CVS[1]和丝芙兰买到的一切法宝试图让自己显得健康，我纯熟的伪装技法总能得到朋友的夸赞。化疗前的这一天，我们绝口不提化疗，除非是必需讨论早晨闹钟设在几点或是去癌症大楼走哪条路这种实际问题。我们像正常朋友一样消磨时间，烹饪，听音乐，激烈地议论其他朋友、想法和时事。

化疗当天，我们起得很早，但仍迟到了至少十五分钟。我们根据车载收音机里的歌曲来预测化疗是否会顺利：《波西米亚狂想曲》意味着不太好，TLC[2]的《瀑布》则稍好一些。化疗和大多数求医体验一样无聊，大部分时候病人只是在等待自己的名字被叫到，在这一点上它与死亡雷同。焦虑与痛苦徘徊于身旁，也在等待它们的名字被唤起，在这个层面上化疗又与战争相似。化疗的整体美学像是未曾被人定义过似的，这使它与一切意识形态化的东西无异。而后我们才会开始理解其中的服饰、装置、声音、仪式和构造。

---

1 美国药妆零售商，成立于1963年。——译注

2 TLC，美国R&B女子音乐组合，1991年成立于亚特兰大。——译注

身穿防护服的护士将一根粗针插入我皮下的塑料端口，先是从我体内抽取些什么，再来来回回注入些什么，最后滴进些什么。在每一样东西进入我身体之前，我必须口述自己的姓名与出生日期。

注入我体内的药物多种多样，其中一部分的药效本该是清晰的，比如苯海拉明、激素和阿提凡[1]。我理应知道它们会带来的感受。但在化疗这种情景之下，它们根本不是我原本预期的那样，反而与化疗药物组成了新的感受。每一种化疗药物和添加药物的组合都在我体内产生了一团独特的、黏稠的浑浊感。

我一度是个守时的人，现在却总是迟到。我曾经对哪怕一杯咖啡都反应强烈，现在却能对体内这浑浊的药物毫无反应。我一边接受注射一边向同伴解释："她们这是要把所有药都喂给我，一点不剩。"身旁的肿瘤科护士表示同意："是

1 阿提凡（Ativan）是药物劳拉西泮（Lorazepam）的商品名。此药用于治疗焦虑症、失眠、包括癫痫重积状态在内的积极癫痫发作、酒精戒断症候群、化疗引起的恶心和呕吐，也用于手术中的保护性失忆，以及机械式呼吸辅助患者的镇静剂。——译注

的，我们要把所有药都给她。”

我用从旧货店淘来的奢侈品将自己包裹起来，再别上一枚马蹄形的金色大胸针，争做输液室里衣着最得体的人。护士总是夸赞我的装扮，这正是我需要的。接着她们给我注射一些含铂的药物，于是我成了一个体内流动着铂金、身穿旧货店奢侈品的人。

输液完毕，我坚持坐着直至倒下，不放弃直至放弃，努力打赢每一场桌游，记住身边人读过的每一本书，在条件允许时出门，尽力与人调侃、八卦、剖析些什么，如此进入良夜。恐怖之事正酝酿于我身。有时我确实会告诉同伴：“恐怖之事此刻正在我体内酝酿。”终于，在四十或四十八或六十小时后，我疼得动弹不得，服用任何药物也无济于事——但为了在朋友面前显得乖巧懂事，显得听命于医学，我还是随便吃下些药物，企图缓解这剧痛。

随之而来的是自身处境与药效如点滴般一点一点地成为现实。每天都有一个或多个新问题出现，如此持续七天或十四天，我开始感到一丝野心的苗头。这野心起初是陌生的，接着愈发像我本人，或者说是丧失了能力的本人——这不是传统意义上的残障。失能犹如一团浮云一般将我围绕，随机降落在我的某个系统或是坐标里。在我刚刚将其补救的瞬间，它又迅猛转移至下一个系统或是坐标。

一直以来，我总是想尝试和知晓所有事，去所有地方，因此现在的我才会像被囚禁般感到孤立和厌烦。但更多时候，我感到的是一种不同步——一边觉得匆忙，一边又感到滞后。时间是抛开疼痛、工作、家庭、死亡、医学、信息、美学、历史、真理、爱意、文学和金钱之外，癌症的另一大难题。

# 2

针对乳腺癌的治疗在表达至极致时近乎一种彻底的侵袭：侵袭头发，侵袭睫毛，侵袭眉毛，侵袭肌肤，侵袭思想，侵袭语言，侵袭感知，侵袭活力，侵袭食欲，侵袭情欲，侵袭母性，侵袭生产力，侵袭免疫系统，侵袭生育能力，侵袭乳房。

“要自我管理，”那个名为“所有人”的领导下达以下指示，“要卖力工作，保持积极乐观，描画新的眉毛，用假发和彩色丝巾遮住你的光头，在瘢痕之下植入泪珠形或半球形的硅胶假体，重建乳头，或是文上少女般粉嫩、错视画般逼真的乳晕，或是将你后背和肚子上的脂肪移植到胸前，疲惫时锻炼，厌食时进食，去做瑜伽，避免提及死亡，吃一片阿提凡，守规矩，畅想未来，配合医生，参加‘人美心更美’[1]

---

1 美国癌症协会的网站显示，“人美心更美”（Look Good Feel Better）是由美国个护产品协会（曾名为“化妆用品、洗漱用品及香水香氛协会”）于1989年成立的公益组织。该组织受彩妆产业支持，与美国癌症协会和美容美发职业协会（代表全美理发师、假发设计师、美容技师、化妆师和其他相关工种的行业协会）合作运营。“人美心更美”以两小时的研讨会形式向女性癌症患者免费发放化妆品，（转下页）

活动并领取高级美妆套装，参加五公里跑，就做爱时是否佩戴假发征求丈夫的意见（书上是这么说的），注射室一次只许一位家属陪同（门口的告示牌这么说），把粉红丝带贴到豪宅门口的‘待售’牌子上。”

那些老派俗套的戏码犹如一张结实的手掌带来痛苦与难堪，言辞不明的矛盾也助其一臂之力，仿佛人只要保持被困惑包裹的状态，就可以不去感知正在真实发生的事情。

我们这些患有乳腺癌的人被要求应当和以前的自己一样，但又要比以前更好更强，同时还要凄惨得令人心碎。我们要将不幸留给自己，却要把勇气赠予世界。我们要像那些

（接上页）同时给予她们关于遮盖外貌瑕疵的建议。但据“乳腺癌行动”（关注乳腺癌的非营利性社会活动机构）称，“这些捐赠发放的化妆品大部分含有疑似提升患癌概率的化学成分，甚至会妨碍乳腺癌治疗”。

网络视频博主那样，欢欣鼓舞地面对乳房切除术；或是像《欲望都市》展现的那样，在宴会来宾的众目睽睽之下，与萨曼莎一同扔掉假发，赢得一片叫好。我们要像《拉字至上》中的达娜那样，自救于自怜自哀之中，头戴丝巾潇洒地走上街。如果我们随后像达娜一样病亡，死时也应当知道亲朋好友将参加一场募捐活动以纪念我们曾经的生命——接着他们将稍息片刻，开启新的篇章。

作为患者的我们应当简单通透而易于辨认，我们真正的自我却在工作和照顾他人的过程中变得难以识别，只因那关于疾病可辨识度的宏大叙事实在虚伪，为我们增添了额外的负担：每个患者都该是个明星幸存者，微笑着进入手术室再微笑着出来，光头而光芒四射，幽默风趣并欣然接受采访曝光。我们应当遵循那些指南书的标题，成为性感、好强、尖锐、思辨的女人、女孩、女士之类的。而且我们始终应能指着癌症的脸对它说“你惹错我这个婊子了”（You messed with the wrong bitch），正如亚马逊网站卖的T恤上写的那样。

然而于我而言，癌症惹了对的婊子。

我深知，一份让所有人都不及格的考卷之所以存在，不过是为了不让任何人成功，这样我们每个人都会觉得自己是个废物，并且是唯一失败的废物。

我们之中有些人宁愿沦为背景噪声，戴着假发去抗拒关于可辨识度的宏大叙事。

我喜欢假发，也佩戴假发，一些我欣赏的人也戴假发：多莉·帕顿[1]，碧昂丝，启蒙运动的哲学家，变装皇后，埃及公主，还有老奶奶们。美杜莎的假发则由群蛇盘绕组成。

倘若没有同意接受治疗，糟糕的感觉或许会来得晚些。但你同意了，所以此刻正深陷于这些感觉之中。对于某个周四清晨，唯一能确定的是一个无菌的、充满免洗洗手液气味

1 多莉·帕顿（Dolly Parton），美国歌手、词曲作者、作家和慈善家，以创作和演唱乡村音乐而闻名。——译注

的假想情境。一只麻雀径直撞向癌症大楼的玻璃，稍作休息后再次撞到玻璃上。大楼的每个角落都像是为了抗议一切趣味而特意装饰的。诗人朱丽安娜·斯帕尔从加利福尼亚前来探望，我俩在大厅里把填好的祈福卡塞进包装成祈愿箱的鞋盒里。“请为美国诗歌祈祷”，我们写道。

结束了周四的化疗后，周五我为了做血常规和注射Neulasta®再次回到诊所。Neulasta®是一种通过促进身体生产白细胞从而抵抗感染的人造蛋白质，在我接受治疗时，它的价格是每针7000美元。打针时，我穿着我一向用来表达抗议的那套制服：夏卡尔蓝色丝袜，金色假发，橙柿色复古大衣，还有由于免疫系统衰弱而佩戴的纸口罩。

怎样才能在癌症这梦幻色调的危机中全身而退？你无法为了摆脱存在于自己体内的东西而躲进自己体内，也不能为了自身安全而逃离自我。你无法像对付袭击者和野兽那样与你体内的东西正面交锋，这么做相当于和自己打架，倒霉的只有自己——就像是在小时候，高年级同学会擒住你的手臂，一边用你的手抽打你的脸，一边反复叫你“别老打自己”，直到你哭鼻子一样。患有癌症的人渐渐都要明白，那滋生于你体内的东西虽属于你却不属于你，它此刻是你的一部分，日后（倘若顺利）将被从你的体内摘除。在这些前提下，自爱意味着你既要爱体内的癌症，又要恨它对你本人造成的危害。

而“去他妈的癌症”[1]终究是个错误的口号，这不仅错在癌症实际上是你自己的身体在你的体内生长，也错在它的定义：“癌症”一词承载了被历史具象化、被社会建构出的不准确性，而非耸立于实践经验之上的单一巨像。我写了这么久的癌症，写的其实不过是科学家公认并不存在——或者至少公认不以单一形式存在——的一些东西。更恰当的口号应该是“去他妈的白人至上资本主义父权主义的灾难致癌星球”，但这口号太长了，没法印在帽子上。这世界终将改变，所有事物都会改变，除了你体内的疾病——它可以持续至永

1 市面上可以买到许多印有“去他妈的癌症”（Fuck Cancer）的T恤。它们虽然没有“粉红丝带”相关产品那么普及，但款式仍多到足以让人一整个月不重样地只穿“去他妈的癌症”T恤，都不用换洗，说不定甚至够穿两个月。现在还流行把这口号镶刻在首饰上，Etsy网站上有人把“去他妈的癌症”和“一切都会过去”刻在一起。

恒，直到它越来越像它，你越来越不像你。但你一旦敞开心扉，且不要说爱上这疾病，哪怕只是开始接受它，你就会担心自己想把它留下来。在痛苦低落的时刻，你曾笃定地认为日后永远不会思念它，但是你错了。事实上，它为你的存在提供了前所未有的明确指示，为你带来锐利的视野，得以看清这人生原来如此没有未来，这存在于生死线上、犹如双重视觉般的生命原来如此纯洁。

# 3

在癌症大楼里，违抗指令非常危险，但服从指令同样危险。患者必须学会服从指令，方能做到不给这小心翼翼建立好的秩序添麻烦。医生却可以疲惫，可以马虎，甚至可以心怀偏见、冥顽不灵。护士大多是天才，但我仍因需要服从于医生而恐慌，他们其中有些人根本不知道自己在做什么。他们会对你逐渐产生依赖，觉得自己才最清楚什么对你好；不然则是在被你质疑或是答不出你的问题时流露出狭隘的报复心理。倘若你青春期时曾经叛逆过，恐怕不难从某位医生身上看到当年自己父亲的影子。

第一位肿瘤科医生（就是被我称为宝宝医生的那位）安排的治疗虽然是公认的标准疗法，但始终没有起效的迹象，于是我开始考虑是否应该离开他。我带着其他研究资料，带着我的朋友，带着提前准备的论据去找他，为此不安失眠。宝宝医生也挺在行。他打了几通电话，质疑了我带去的材料，抛出他最有力的论据，试图说服我的朋友。我觉得自己像是在与小天使抢夺我的生命——那种文艺复兴装饰品里胖乎乎、光着屁股的小天使。随行的朋友在治疗一事上不知该听信于谁：是受化疗损伤、在药效上脑的夜里沉迷浏览PubMed、精神错乱的我，还是中年秃顶、自称因为“系鞋带太费劲”而穿着一双木拖鞋接诊的宝宝医生？他在跟我争论的同时，还不忘解释他其实有一双皮鞋可以穿，但是皮鞋在衣柜的最顶层，他不想费劲取下来。那次随行的朋友事后不禁感叹，宝宝医生对鞋的态度无可辩驳地证明了，生命完全是由概率机器掌控的随机事件。

我并非讨厌宝宝医生，也知道他是关心我的，但他的关心程度不足以让他做到我所需要的那么勇敢。宝宝医生所做的一切决定都是他认为对我最好的。他解释说更具侵略性的疗法从长远角度而言对身体消耗太大，对年轻患者风险过高。我告诉他不安排更具侵略性的疗法才是“对年轻患者风险过高”，因为标准疗法的生存概率令我无法接受。我告诉他我不想死，我还有很多事没做。我央求他，正是因为我仍需要时间，所以为了活下去我愿意尝试任何事。

同行的朋友卡拉是支持我的。她眯起眼睛问他："最坏的情况是什么呢？"

宝宝医生在列举了一长串致残的长期副作用后对卡拉说："她可能会死。"接着他说："我曾目睹病人死于化疗。"看在他神情如此不安的分上，我们相信了他。原来，肿瘤科医生也害怕肿瘤。

我去寻求另一位肿瘤科医生的第二诊疗意见，她是治疗我这种癌症的专家。早先已有人提醒我，她为了推进自己的学术研究，常为患者开出高侵略性的治疗方案，因而颇具争议。为了活下去，我不在乎这些。宝宝医生在得知我与她取得联系之后似乎有些生气。以前他没有要紧事也会打电话问候我，而在那之后，即便我们出现在同一个房间里，他都不愿与我讲话。那位新医生在听取了我的三阴性乳腺癌的具体亚型信息之后，肯定了我的决定。她说我是对的，我读的那些研究是对的，她认为我寻求的这种治疗会有成效。于是，我成了她的患者。

她是对的，我是对的，然而宝宝医生也是对的。新的疗法在治疗期间以及从长远角度而言均令人失能，它的惨痛程度也让其他原本足够残酷的化疗相形见绌。新医生勉强记得我的名字，毫无宝宝医生身上那种有点迷糊的可爱气质，更没有他那些强烈的情绪。但就在第一次注射这种我确信会奏效的药物组合之后的短短几天内，这颗肿瘤——这股整个化疗期间在我胸内阴魂不散、不肯消退的剧痛——终于不疼了。

有人曾说，选择化疗就像是当有人在楼顶拿枪指着你脑袋时选择跳下去。跳下去或许是因为怕死，起码是怕癌症那种疼痛并丑陋的死法；又或许是因为想活下去，即便余生都将充满苦难。

看似有选择的余地，你也确实做了选择，但总感觉这决定权不在你手里。你选择顺从，是出于对令他人失望的恐惧，对别人觉得你活该承受这些苦难的恐惧，对重获健康的期盼，对你的衰亡将被归结为咎由自取的恐惧，对早日能将一切抛之脑后的期盼。你的顺从也源于害怕被指名道姓地针对，被当成一个不愿欣然服从大众公认的自我保护与自我毁灭法则的独行者。你的顺从源于惯性，像是老师分发试卷、法警宣布“全体起立”、牧师开始祷告或是警察喊“往前走”时你的本能反应那样自然。你顺从，因为内心隐隐渴望，兴许现在听话就可以在日后更长远的时间里不再听话了。你顺从，因为不然你只能喝着胡萝卜汁逃避自己终有一死的脆弱现实，最终在贴满关于“不治而愈”的短笺的房间里，悲剧地死于自身的细胞增殖。

你需要有活下去的欲望，但更需要相信自己是一个值得活下去的人。癌症依赖于惨痛、昂贵、对环境有害的提炼型药品。我想活下去的欲望使我至今仍无法直面生存的伦理道德。我在化疗期间用过的环磷酰胺通过尿液排出体内时并不是完全稀释的状态，它不能被污水处理系统彻底分解，因此将在供水系统里残留400天至800天之久。[1]另一种我用过的药物卡铂的说明书中写道，该药物的“环境归趋”是积聚于水域之中，没人知道它将造成怎样的危害。还有一种我用过的化疗药品来源于自2011年起就濒临灭绝的喜马拉雅红豆杉树。[2] 2017 年全球的癌症花销高达1300亿美元，超过一百多个国家的GDP。[3]一次化疗的开销高过我任何一年曾赚取的全部收入。

我的困惑在于，我有价值百万的想要活下去的欲望，却始终答不出为什么我配得上如此铺张地存活于世，为什么我

1 Ester Heath *et al.*, “Fate and Effects of the Residues of Anticancer Drugs in the Environment”, *SpringerLink*, June 28, 2016.

2 Hanna Gersmann and Jessica Aldred, “Medicinal Tree Used in Chemotherapy Drug Faces Extinction”, *The Guardian*, Nov. 10, 2011.

3 Meg Tirrell, “The World Spent This Much on Cancer Drugs Last Year …”, CNBC, June 2, 2016.

默许了市场把我的需求拿去交易，从我的痛苦中谋利。我要写多少本书才能偿还我为了活下去而欠下这世界的债？

而当治疗结束，当我的身体像一辆零件四散的破车一样遍体鳞伤，当我像《美国残疾人法案》描述的那样无法完成“基本日常活动”时，我感叹有这么多金钱曾经流过我的身体，而我仍落得如此糟糕的下场。如果把我在癌症后的每一口呼吸换算成钱，我应该能呼出股票期权才对。我的生命是一件奢侈品，我却腐烂了，残缺了，没有把握了。我感觉不会再好了。

# 病　榻

哦，可怜的人，可怜的（虽然也是众所周知的）非人的境况！我只能死一般躺在病床的墓穴，无法享受复活。

——约翰·多恩《紧急时刻的祷告》（1623年）

# 1

有些时候，英年早逝的念头不单是那些无法接受衰老的人才会有的朋克浪漫遐想。从前，年少的我们计划在二十八岁前死去，若是未能如愿，就在四十岁前死去。后来四十岁到了，随之而来最显著的变化是一切有关英年早逝的渴望都消失了，“痛快活着，痛快去死”不过是年少无知的人一再重复的陈词滥调，他们还不知道人可以先飞快地浪费生命，而后适时慢下来，甚至可以在精彩的老年相互陪伴着死去。

然而，在你还没来得及谢绝这份英年早逝的邀约时，有些你原本只是隐约渴望的事悄然现身，为你献上保鲜的殊荣，让你得以在依旧能引起他人情欲的年纪死去——许多人以为自己钟爱这种响当当的死法。你可以选择像某个乐手曾向你建议的那样，“一直吊着别人的胃口”。你可以在几乎所有你爱的人之前抢先死去，这样就能躲过悲痛、全球变暖和社会保障制度的崩塌。

如此一来，生平传记成了关于一个无法存在的生灵的一种难以解读的逻辑，它并不能像图像志那样带来万福玛丽亚式的光辉，也无法映射出曾经活过的意义。而英年早逝像位姗姗来迟的宾客，在你耳边低声细说有关圣徒传记的溢美之词，他说现在退场会让你静止、不朽、脱离一切罪名。你可以就此死去，这死亡即便说不上神圣高尚，至少能免除留下更多道德过错的负担。

但死去的女人无法写作。如约翰·多恩在他的诗《盛开》（诗人此处所指的有别于盛开的本意）中写的那样："一颗赤诚的思索的心，倘若不动声色/对于一个女人来说"——也就是我——"不过是个幽魂。"[1]

1 John Donne and Herbert J. C. Grierson, *The Poems of John Donne*, Oxford, U. K.: Oxford University Press, 2011.

当我的头发没了，当我尝不出食物的味道，当我在宜家买面包刀时晕倒，当前任们一一前来探望、为再跟我上一次床进行最后的尝试，当慷慨的慈善众筹所带来的羞耻感保障了我数月的有机食材支出，我，成了一个病人。曾经的生活到头了。目之所及，满是由疾病与医疗构成的世界。“病人”与“健康人”之外的任何身份标签在此时都遥远得像是来自另一个纪元。癌症的影响波及一切。

如今，我看的每一部电影讲的都是一群看上去没得过癌症的演员的故事——起码对我来说，这是它的剧情。诊所之外的任何人群都像是为了孤立我而甄选的，无论在哪儿，所有人看上去都健康强壮，眼睑上长满睫毛，有胃口吃下晚餐，也有稳妥的退休计划。我则被癌症标下了印记，也已记不清此前那些真正代表过我的标签都是什么了。

但我清楚地知道，在生病之前，我是存在过的。我有写日记的习惯，所以如今证据在手。在我即将患病的2014年的第一天，我四十岁，靠教艺术系学生谋生，有一个读八年级的女儿。我们住在堪萨斯市城郊的一所两居室公寓里，每月房租850美元左右。根据日记中我毕恭毕敬写下的乏味琐事记录，我当时穿着一件从救世军二手店[1]买来的布满虫蛀的红色羊绒衫，似乎有些感冒。在日记中我写道，携带着病毒迈入新的一年让我感到乐观，就好像身体发热是为了将旧年从我体内燃烧殆尽，一切会在新年重新开始，因为没能杀死你的疾病将把你点燃，而后你会从头来过。我在等一份第二天要到的快递，那是一张我花280美元在二手店买的安妮女王式[2]四柱床。在拥有那张床的二十六周后，在我四十一岁生日的后一周，它成了我的病榻。这是我此生拥有的最具悲剧色彩的一件家具。

---

1 救世军（Salvation Army），国际性宗教及慈善公益组织，以街头布道和慈善活动、社会服务著称。救世军二手店是救世军旗下的廉价二手衣物和家居品商店。——译注

2 受英国安妮女王影响与启发的家具风格，常见优雅流畅的弯曲线条、精致贝壳或雕花装饰，材质多为胡桃木、樱桃木和枫木。——译注

世上没有比床更具悲剧色彩的家具了，它是那样迅速地从我们做爱的地方沦落为我们等死的地方。同样悲剧的是，它迅速地从我们睡觉的地方沦为我们胡思乱想直至发疯的地方。任何深陷疾病的人都清楚，人们做爱的那张床同时也是坟墓，正如约翰·多恩所描述的那样，他们可能永远都无法从中站起身来。

在直立的生活中，当你身体健康或是假装基本健康地四处走动时，上苍通过颅顶触碰着你。颅顶的总面积相当小，于是你只是略微接触到上苍，你的眼睛望向外面那活跃的世界，而非向上注视，你的大多数行为也是在对这活跃的世界做出反应。多半是在夜里，在梦境中，想象才会暂时膨胀，上苍透过天花板如风般涌向你，在你的身体四周弥漫开来——这是我在那些日子里躺在床上琢磨出的神奇理论，我用它来解释体态和思想的关系。

当你患病平躺时，位于身体之上的上苍与它的气息覆盖着你的整个身体，身体和空气的接触面积增加，随之而来的是想象过度丰富的危机。这种长时间保持水平的姿态招致一种高强度的意识投射。当你总躺着时，你也总在向上凝视。

床上的病人若是幸运，将会被爱监护；倘若她不幸，则会成为行动的弃儿。那些经年累月积聚在床上的美好欢愉都在重力作用下黯然失色，甚至连梦境都被痛苦堵截。在病痛中，属于床榻的每一寸愉悦都在崭新的忧虑布局背后消失不见。

哈丽雅特·马蒂诺[1]在她1844年出版的《病房中的生活》一书中写道："躺在生命的边缘观察着，除了思考，除

1 哈丽雅特·马蒂诺（Harriet Martineau，1802—1876），英国社会理论家，被认为是历史上第一位女性社会学家。——译注

了从双眼所见中学到些什么，什么也做不了，世上没有比这更难用言语来表述的感受了。”[1]

弗吉尼亚·伍尔夫的母亲朱莉娅·斯蒂芬[2]也曾写过一篇有关病房的专论。在这篇1883年的文章中，她教导护理者说，尽管病榻上的病人有时会有一些看上去颇为“荒谬”的遐想，但事实上这些只是对现实的强化感知，这是由重病的人“精巧而脆弱”的头脑导致的，“他们的感官在受苦的过程中变得无比敏锐”[3]。

在约翰·多恩的《紧急时刻的祷告》中，有一处对斯蒂芬所指的感知强化的绝妙展现，一份来自那让人感到似乎身处地狱般舞台的操作指南。疾病可以将思想带至我们那初露头角的宏大感官宇宙中去。多恩写道：

---

1 参见：Harriet Martineau, *Life in the Sick-Room. Essays by an Invalid* ... 3rd ed. London: Edward Moxon, 1849.（哈丽雅特·马蒂诺：《病房中的生活：残疾人文集》，书名中的“残疾人”指马蒂诺本人。——译注）

2 朱莉娅·斯蒂芬（Julia Stephen，1846—1895），英国社会活动家、前拉斐尔派模特、慈善家、作家，布卢姆茨伯里派文人团体的主要成员。——译注

3 Virginia Woolf, Julia D. Stephen, Hermione Lee, Mark Hussey, and Rita Charon, *On Being Ill*, Ashfield, Mass.: Paris Press, 2012.

倘若把人身上的碎片按它们在世界中的样子，在人体内部展开，那么，人将是庞然大物，而世界则像一个侏儒；人会显得像世界，世界则变得像一张地图。

倘若人身体中的所有血管延伸成江河，所有筋腱扩展成矿脉，所有彼此交错的肌肉堆积成山丘，所有骨骼垒砌如石料，剩下的成分也汇聚成世上的对应物，那么，地球表面就无法容纳人这样的尤物，人就只好像璀璨恒星，存身广阔的天宇；整个世界什么也不是，对于世界，人给不出任何回应，人拥有的众多碎片也是这种情况，在整个世界找不到对应。

健康人的意识投射多半受限于周遭的大气，但饱受折磨的病人为了逃脱痛苦，会全速奔离那衰败身体的痛苦躯壳，靠思想奔向比远方更远的领地。当痛苦一望无际，它会使人记不得历史或是奔离的速度，因此病榻理应成为几乎所有天才与革命的温床。

疾病使身体的各个部分和系统变得更加生动鲜活。在病榻上，病人的身体逐步瓦解，直到挤满一整个宇宙，器官、神经、局部和外观都迫不及待地宣布自己正徐徐展开的独特新生：一根功能紊乱的左泪管——一个全新的世界；一个枯竭的毛囊——一整个太阳系；右脚四趾那条如今在化疗药物作用下受到重创的神经末梢——一颗即将坍塌的恒星。

与此同时，长时间的平躺也会放大各种微乎其微的忧虑。在病床上，疾病还会凸显斤斤计较、卑鄙、自我陶醉、自我矛盾、个人理财、家务家政以及社会秩序。弗吉尼亚·伍尔夫的母亲明白，给病人带来最大痛苦的是琐事："在长期缠扰疾病的那些琐碎邪恶中，引发最大痛苦的，是那体积最小的邪恶——那些碎渣。大多数事物的源头都已被下了定义，床铺上的碎渣却从未激起科学界的足够注意。"[1]

生病让人有过多的空间可以用来思考，而过多的思考难

1 Woolf *et al.*, *On Being Ill.*

免让人想到死亡。但我一直是个渴望生活体验而非终结生活体验的人，如果思考是我的身体在痛苦之外能给我的唯一体验，那么我不得不让自己敞开心扉，拥抱关于死亡的疯狂想法。我在给朋友的一系列电子邮件中告诉他们："休想让我停止思考死亡。"

1621年，也就是在约翰·多恩病倒、写下他的病榻杰作的那个十二月的整整两年前，一位没有留下姓名的年轻佛兰德斯画家画出了他或是她的杰作。这幅《临终病榻上的年轻女子》在欧洲病榻绘画传统中是个异类：像真正的英年早逝一样，它的的确确是骇人的。画中年轻女子的皮肤苍白病态，双眼无神，姿态萎靡恐惧，双手毫无生气地像爪子般蜷缩着。她周围的背景精致而高贵：光滑的亚麻和天鹅绒，还有与被单相衬的墙纸。但全世界的舒适慰藉在这女子所经受的一切面前都算不上什么安慰。

相比之下，“埃及艳后”克利奥帕特拉死时的样子要好得多。网络百科说，她“死于8月12日，年仅三十九岁，死时身着最华丽的衣裳，身体陈列在一个金色的长榻上，手中攥着象征皇室的徽章”。在绘画作品中，克利奥帕特拉几乎总是倚在床上或是长榻上，像是在等待一位情人。她的胸部——通常是左胸——裸露着，一条纤细的毒蛇由她的手撩人地指引着滑向乳头。在希腊悲剧中，女人也只会在她们睡觉、做爱、生子的时候死去。古典学者妮可·洛罗这样描述女性的悲剧死亡：“即便女人像男人一样杀死她自己，她还是会死在自己的床上，像个女人一样。”[1]

并没有人真的知道克利奥帕特拉是如何自杀的。古人猜测死因是一两条藏进无花果篮或者花篮里的蛇，一支毒簪，或是一种致命的药膏。据普鲁塔克[2]记载，屋大维偏爱毒蛇

1 Nicole Loraux, *Tragic Ways of Killing a Woman*, Cambridge, Mass.: Harvard University Press, 1992.

2 普鲁塔克（Plutarch，约46—125），生活于罗马时代的希腊作家，以《希腊罗马名人传》一书留名后世，作品在文艺复兴时期大受欢迎。——译注

的说法，那有种经久不衰的性吸引力。在屋大维的胜利游行中，“死去的克利奥帕特拉躺在长榻上的雕像被带入了游行，就好像从某种层面上讲，她也是这壮观景象的一部分，是一件战利品”[1]。

佛兰德斯无名画家画中的那位无名年轻女子不是什么战利品。她经受着毫不性感的痛苦，也彻头彻尾地抹去了英年早逝的吸引力。正如画家马琳·杜马描述她第一次看到戈雅《命运女神》时的情景，“像是要阻止魔鬼进入体内那样，我捂住了自己的嘴”[2]。

有一次我独自住院，呼叫按钮掉到了地板上我够不着的

1 Plutarch and Christopher B. R. Pelling, *Plutarch: Life of Antony*, Cambridge, U.K.: Cambridge University Press, 2005.

2 Marlene Dumas and Mariska Berg, *Sweet Nothings: Notes and Texts, 1982—2014*, London: Tate Publishing, 2015.

地方。我无法爬下床，但能看到有人在我需要的呼叫按钮上贴了一张迪士尼王子的贴纸，这仿佛是个笑话："总有一天，我的王子会出现的。"

"答应我，等我病了，就把我带出去枪毙了。"一位同事这么说。有时候人们跟我说："我宁愿去死也不……"省略部分是他们宁愿去死也不会去做的事。而我为了活着，则不得不去做这些事。

乳腺癌性癖网站上陈列着面色苍白的年轻小明星的照片，网站的管理员编造出她们的乳腺癌诊断说明、治疗与治疗结果记录，描述得虚假而色情。管理员曾这样写道："想象一位漂亮得完美无缺的女人被肿瘤侵袭，想象它逐步毁掉她的身体与生活，这种想象给我带来的悲伤情绪是那么的强烈，以至于它会唤起一种性欲。"这还没完："现在想象她们，独自一人或是和情人在一起，脱去衣裳，露出她们美好绝妙的肉体。接着想象一只手，她的或是情人的手，掠过她那完美乳房中的一只——接着发现一个肿块。想象姑娘们会感受到的那种恐惧、震惊与绝望。她们这样年轻，这样完美，却这样被癌细胞布满胸腔。”

“直面这样的遭遇需要一个驯狮人才有的勇气，一个有力的思想体系，一份扎根于地下最深处的理性。”弗吉尼亚·伍尔夫在她的散文《论生病》中这样写道。[1]在这篇文章中，伍尔夫断言，这世上尚不存在关于生病的伟大文学。而几乎所有关于生病的伟大文学都曾断言这世上尚不存在关于生病的伟大文学。

在感觉好些的日子里，我会去美术馆看一幅1859年托马·库蒂尔所作的画《丑角皮埃罗之疾》。画中，生病的年轻小丑皮埃罗身着白衣，瘫卧于床。皮埃罗的一位同行伙伴，穿彩色菱形花纹戏服的哈勒昆，将脸转向墙，一副悲痛的姿态。一位年长的女人满怀期待地俯身望向病榻上的小丑。一位身着启蒙时期服饰的医生，将目光从病人身上移开，跷起自己裹着丝袜的腿，把手伸向小丑去摸他的脉搏。生病的小丑曾经是派对上的灵魂人物——至少他身旁的空酒

---

1 Woolf *et al.*, *On Being Ill*.

瓶如此暗示，而现在他深陷在床铺中半死不活，那不肯直视他的医生救不了他，悲痛欲绝的朋友救不了他，望着他却不肯碰触他的年长女人也救不了他。有些时候我觉得这位皮埃罗会死，又有些时候我确信他一定会好起来，而我每一次去看这幅画，他似乎都从未离开他的床。生病的皮埃罗永远病着，这是艺术的问题。

只有某些特定类型的病人会出现在艺术作品中。艺术里几乎从来没有躺在简陋病床上的病人，除非是那些简陋得漂漂亮亮的艺术家的床。而这世上的床铺再简陋，也没有那些明明不是病床，却被用来容纳那些被丢下等死的病人的地方简陋。我从未在卢浮宫的墙上见到描绘罹患乳腺癌的女囚犯的画，也从未在大都会博物馆见到描绘在远郊急诊室的停车场里、坐在车中的病人的画，或是在梵蒂冈见到表现流浪汉营地帐篷的雕塑，或是在乌菲齐美术馆见到展示促使员工自杀的血汗工厂的装置艺术。

我也从未见过以卧床之人的视角描绘的病榻场景。以卧床之人的视角描绘病榻场景的难处在于，这样的作品必须画在没有边界的画布上，它小得无法测量，又大到不能被收容。它发生在时间门外、历史体内；它将“当下”从线性时间中豁免，将物质重组，直到空白都成为一个要素；它将美学重组，直到那不可见的阴霾占据几乎全部视野。创作这样一幅画作谈何容易。

## 2

洗碗有别于自由。自由，是一切因为不同于洗碗这样的事而引起我们注意的事物。平常之事之所以平常，是因为它平常地重复发生；而关怀与照护则缺少自由的娱乐消遣，也缺少它的那些新奇例外。

对于任何描述洗碗的作者来说，故事里最精彩的部分应该是因洗碗而错过的别的一切。有些人可能会做碗碟领域的现代主义者，以意识流的叙述方法记录一次企图逃离洗碗池之现实的尝试。但所有这些有关洗碗的描述都时常忽略了有关洗碗最重要的一点，那就是洗碗本身虽然不是什么有趣或是了不起的活计，但其余的一切工作都依赖于它。

类似有脏碗碟要洗这种持续的需求并不能产生叙述。它产生数量——洗了多少脏碗碟；也产生时间量度——洗脏碗碟在何时发生，花了多长时间。叙述会停止，但数量、时间和脏碗碟不会。也许碗碟能产生类别和差异。也许某种碗被洗了，另一种却没有，洗时用了某种特定的洗法，而非另一种。研究碗碟可能带来有关空间、技术、工具、基础设施或是经济体的记录。这样的工作可以见证在没有人洗碗时会造成的危机：脏碗碟会堆积，臭味和蟑螂会循迹而来。而同时，这种研究也可能带来有关阶级、种族与性别的记录——在当下世界的组成中，是谁在洗碗，又是谁不需要洗。

洗碗这件事隶属于由需求组成的一系列关系中。我们拥有肉体，这些肉体存在于这世上更大的其他实体之内，游走于它们之间。所有这一切实体——我们的肉体与其他一切实体——都不可避免地面临腐烂，不是正在毁灭就是游走在毁灭的边缘，逃不出熵值将持续攀升直至全盘崩溃的定局。我们平凡无奇的持续存在就像是洗碗一样，每洗一次，都是对阻挡毁灭来临的一次尝试。

有人的工作是搭建世界，他们负责创造出这个赏心悦目的世界；相比之下，另一种不甚招摇的工作是等世界建好后负责维持它的状态。搭建世界是一种切实的快乐，但余下一切工作的性质则尚无定论。我们彼此交换的那些辛苦与努力时常无形却始终必要，要决定它们所带来的感觉究竟是什么性质并不容易。要在不断展露的世间万象里，在那些我们始终在营造的、遍布各处的空间中读出美来，并不容易。

# 3

患癌症的通常是某人的母亲，或者是姐妹，再或者是情人、妻子——起码在书中总是这样。文学作品中，一个人的癌症似乎是为了促成另一个人的顿悟而存在的，疾病则通过病人的样貌而体现。在我病时参加的一场诗歌分享会上，一位诗人近乎哀号地朗诵有关她从未患上的癌症的诗歌；接着另一位诗人在另一场分享会上做了同样的事，似乎每个人的母亲都有同样的故事。接着我收到一本寄来的书，书中那位母亲正在被癌症侵蚀，她如今苍白又消瘦，于是被拿来和一大群清瘦白皙的美人相比较。这些文学作品并不差，但是它们都不可原谅。

麻风病人曾被唤作上帝的俘虏，慈善的契机，他们在进入每座城市的时候都喊着："不洁净，不洁净了！"[1]就好像癌

1《利未记》13：45："身上有长大麻风灾病的，他的衣服要撕裂，也要蓬头散发，蒙着上唇，喊叫说，不洁净了，不洁净了！"

症病人只用我们的相貌，就能喊出：“视我为工具吧，视我为工具吧！”

我曾经拥有头发。我会梳通长发，松松地在头顶盘一个髻，洗脸，拍上精华液和乳液，穿上睡衣，爬上一张铺好的床，读书直至睡着，早晨起来后放下头顶的头发，走进洗手间观察镜中的自己有没有在夜里发生什么变化。我会涂上防晒霜、睫毛膏、眼线、口红，戴上耳环，检查指甲油有没有掉，在衣裳和性爱中寻得愉悦，为食物而馋涎。如今的我为自己曾不明哲理到了会对着镜子寻找皱纹的程度而感到羞愧，也为我曾那样贪求肉体的愉悦而感到羞愧。那时的我像个守财奴，坚信自己丁点大的钱包里装满了财富，而事实上那里除了精打细算的腐朽之外一无所有。我曾像是条狗，以为自己的目的就是守卫那微不足道的欺骗与无常，甚至有时误以为那就是美。如今的我为此感到羞愧，不愿任何人知道自己曾经如此。

在一次手术后，我请一位朋友帮我清点身上的伤口。她说：“我不喜欢这样。”她看上去快哭了，仿佛这是日后会出现在文学作品里的事一样。我只好央求她。我说，“这是我的身体啊”，“我想知道它遭受了什么”，“我被麻醉了，没人向我解释他们对我做了什么”，“我甚至不知道自己身上有多少个洞”。

我将防止水肿的压力服脱至腰下，站在镜子前。我们盯着眼前所能看到的一切。她充满恐惧，我则带着一种严厉又好奇的坚定。我们弄不清楚哪些是洞，哪些不是，也不懂淤青意味着什么，那些血迹是什么，擦伤又是什么。我身体里的疼痛既无法成为对未来的精确指令，也不能算是对过去发生了什么的可靠解释。整个上半身都疼：脖子手臂淋巴上腹下腹背部眼球咽喉面部肩膀头部[1]。在即将成为我的新左胸的一侧，有一处疼得要命。在即将成为我的新右胸的一侧，有一处也疼得要命。

以写作为生会让人成为一切感官细节的奴仆，遵从表象世界的指令，写出一本又一本书，书中充满虚伪又不可饶恕

1 原文此处无标点符号。——编注

的展示、残酷又毫无必要的展示，而每一笔伦理道德所要求的讲述则被不负责任地掠过，因为讲述的虽是真相，感官却更容易轻信展示的谎言。

展示是对现实的一种背叛，而现实本来也无法真的被肉眼感知，纵使你想要为了文学而活，“去展示，不要去讲述”也不足以解释那想要活着就必须忍耐的致残过程。

那些略有疾痛却未被诊断、在疑难病症旁盘旋的人是更好的讲述者。他们的痛苦并不带有过多的决定性色彩。他们可以毫无节制地进行自我界定，带着一个病人接近终点的那种诗意的光彩。他们无须承担在一个具体的历史节点上、在身躯中具体的某一处、患一种具体且具有明确性别导向的疾病所带来的一切重量。

我不愿以别人教我的方式去讲癌症的故事。在那种惯常的方式里，一个人被确诊，接受治疗，接着要么活着要么死去。如果她活下来了，她将是个英雄人物；如果她死了，她则会成为一个剧情节点。如果她活下来了，她会说些慷慨激昂的话，她强烈的情感会得到赞赏，或者，她会行感恩大礼，而后她的感恩会得到表扬。如果她活下来了，她会成为给他人带来顿悟的天使。如果她死了，她同样会成为顿悟的天使。如果她被准许发声，她可以用断裂的、谜一样的只言片语去抱怨，或是去堆砌情景对话般的陈词滥调、电视剧式的多愁善感和恋病癖专属的情色文学，直到组成一个通顺的故事。文学承载着所有现存的偏见，昂首航行。

一位患乳腺癌的单身母亲应当是搭建感伤意象的好机会，这意象价值千百首乡村民谣。她应该是位精心设计出的美人儿，将她那些昭然若揭的痛苦挣扎奉献给传说中的艺术生长。

如果这是部小说的话，病人会发现她自己是转世的先知约伯，接着她发现每一个活着的人都同样是转世的约伯。

如果这是部社会学著作的话，人的经验则会被归纳入各种类别。如他们所说，病人是一种偏常，像其他一切偏常一样。首先，她会认识到她病了。接着她的新角色，病人，必须得到定义。医生会填好给人力资源部门的表格。如果她有保险，保险公司将接到通知。如果她没有保险，并且足够贫穷，社工会帮她填好医疗补助表格。她会通过社交平台向亲友公布病情，在照片的记录下微笑着被剃成光头，亲友的点赞随之而来。她开始服从治疗，开始将她病情的发展与社会环境关联起来。她不得不在他人面前显出病态，开始寻求帮助，树立自己的美德以祈求募捐和送饭服务。癌症病人不像别的偏常之人那样，会被送进监狱或是精神病院，但是在那些地方也有很多人同时患有癌症，却没有一张能睡的床，抑或是化疗后不得不在监狱病房里呕吐。而我们的假想病人——如果癌症是她手头最大的难题的话——循环往复地出现在诊所、急诊室和重症监护室中，像是一辆被送去维修的车，可以勉强保持运行，但不停咳出尾气。

我宁愿什么也不写，也不愿去鼓吹宣传这世界的本来样貌。

我确信，我的疾病若是落到别人身上，将能成为一本更好的书，毕竟又有谁想听锤头不断地抱怨它和钉子的碰撞呢？物件终究只是个物件。至少当信箱里又出现别人写的有关癌症患者的书时，我是这么告诉自己的。寄这些书的人总是出于善意，但所有书都是关于某个姐妹、妻子或是婆婆的，所有这些将死的女人都有着一颗光头。她们无法为自己发声，更没有其他什么能用来辨清她们的面目。唯一可以确定的是，她们曾经是清晰可辨的人，但当她们走进那些书中时，都已变得面目模糊了。

这些赠书像是一种证据，证明自始至终都应该是别人的脸庞因为注射了类固醇激素而肿胀，而不应该是我的，也不应该是我的乳房现在不在了，取而代之的是被胶水黏合的皮肤和冰冷的硅胶。但纵使文学另有打算，我，确实是那个病了的人。是我，收到了那一本本书，累积起来几乎攒齐了所有关于将死妻子的癌症文学。女人的痛苦被如此归纳，成了一个生产文学的机会。

在我们这个时代，癌症是最擅于彻底消除患者个人特性的疾病之一，而女性化的癌症更是如此——因为在某种程度上，被视作女人就意味着几乎被摧毁，这种摧毁由阶层、种族和残疾步步加深。患癌症的女人常常被迫目睹自己消解，她们被旁人视为可悲的物件却不被允许自怨自艾，见证着别人的悲伤故事，却在悲伤从自己嘴里流出时迅速地被周遭的社会矫正。

若你寄给我一本关于一个完整的、独特的、复杂的、会发声的患癌女人的文学作品，我将打开我的信箱。可我不断收到的都是来自一些泛泛之交发来的无可匹敌的痛苦，这些人与我分歧太多，甚至称不上是朋友。因为我的确诊，他们似乎哭得比我还凶。“这消息给我打击太大了”，那些男人期待我吸收他们因我的痛苦而产生的过度情感，一遍遍地在对话框里用太过亲密的语气写下这样的字眼。

一个从前在酒吧认识的男人决定投入全部精力照顾我。他对我的脆弱所表现出的热情过于高涨，以至于我不得不屏蔽了他的号码。我和朋友们有时会开这类人的玩笑，称他们为“追癌症的人”，或是“癌症老爹”。他们带来装满慢板蓝调的CD，送礼物到门口，时不时献一阵殷勤，试图以古怪的方式勾引我。朋友说癌症引发的这种情欲大概和这疾病不具传染性有关。癌症的吸引力在于它是一个有关概率而非传播的疾病。朋友说，每个癌症患者都可以被当作一个被概率砸中的人，他们得了癌症，这样你就不用得了。

我们与这世上一切物体和环境共享这个世界——它的系统、分配、生产，还有我们用来相互沟通的机器上的放射性射线。我们所知的一切汇合成这个工业化的致癌星球。我们从这共享的世界得病，这免去了我们将疾病直接传染给别人的担忧，如此一来，癌症容许人们靠近患病的真实体验，同时又不会像其他疾病那样在接近时产生风险。癌症为他人提供了展现美德的舞台，但这同时也意味着它是一种纯粹的苦难——在这样的苦难里，我们尽可以责怪这世上的一切，却又无法将之归咎于任何人。

请用以下方式，去感受一种无机可投的悲痛：沿着街道散步时，想象街边每一扇门后的不幸；接着，乘车穿过城市时，观察每一个店铺、每一幢写字楼，想象其中的每一个工人此刻若无须工作，会选择去做什么事；接着想象那些工人的父母，想象他们若无须工作，会去做什么事，想象他们会希望自己养大的孩子做什么事。

墓地有同样的效果。每一座墓碑都是一个留白的网络百科页面。

接着，在一座监狱门前，重复以上动作。最后，在一家医院门前，重复以上动作。

# 4

我曾在什么地方读到，尽管许多人都曾记载疾病的历史，却从没人写过一部关于病人的历史。但我觉得事实并非如此。每个拥有身体的人都是一位隐秘的历史学家。人们合作书写同一部史书：皮肤是觉知的编年史，生殖器是愚人的玩笑，牙齿则是那咬噬之物的兴衰。

我梦到自己在凌晨三点走在市郊最北端，转一个街角又到了最南端，140街变为18街，196街变为3街。这些都是我曾去过的网格式城镇里的街道。我忧心忡忡，因为梦中的我身患癌症，无比虚弱又迷了路，天未破晓，四周街道上和车里全是司仪神父，我知道那些司仪神父都再平常不过，而对病人来说，他们却总意味着危险。

疾病从来不是中立的。治疗从来都是意识形态化的。死亡，则从未脱离权力斗争。

癌症被当作一种特殊的苦难区别对待，但受苦于这不可避免的多发事故并不算英勇。即便深受这场事故的影响，也从没让我成为哪个勇士阶层的一员。卧床不起的日子里，我决定投入毕生精力，确保今后的社会对乳腺癌确诊的正确回应不再是纠偏性的“要乐观些”，而是黛安娜·迪·普里玛的诗《改革信笺之九》中的以下几句：“1. 杀死陶氏化学公司的头儿/2. 摧毁那工厂/3. 让他们的一切重建都无利可图。”[1]

在一些看似微不足道的日常需求的衬托下，主宰自己生活的那些瞬间变得十分显眼。如今人们讲究“能动性”，而人类既能存在于随心所欲自由活动的日光下，也同样有可能存在于完全无法自理的阴影里。被他人照顾是隐藏在自主中

1 Diane di Prima, *Revolutionary Letters*, San Francisco: City Lights Books, 1974.

的深层结构，是身体在生命过程中的种种不足所带来的必不可少的差事。有时，我们对世界的凝视充满渴望，带着一张写满“来爱我吧”的脸；而那句“来爱我吧”，其实是在说，“给我带些热汤来吧”。

幼年时期，这种请求在某种程度上来自对未来关系的一种约定——来爱我吧，婴儿的小脸说着，你的爱将是未来得到益处与善果的起因。照顾我吧，那无助的小脸说着，照顾我，好让我长大成为能够照顾他人的人。

当人老去时，那张写满“来爱我吧”的脸依靠唤起曾经记忆中的一段关系来索爱——来爱我吧，一位老人的需求如是说，就当是回报从前我给你的爱，或是别的什么人什么事给你的爱。

但一位意外患病的人——一位在公认的社会秩序中，本应做着其他事情（例如照顾老人、小孩或者养家糊口），而今却身体失能的人——不得不以所有世间经历为抵押，来兑现她们的“来爱我吧”。她们在呼唤所有过去的同时，透支着未来的希望。

来爱我吧，正值壮年的病人说，她试图展现出自己有一天还会强壮起来的样子，说着，看在我从前作为的分上，也看在我今后作为的分上，来爱我吧，但也请爱这个永恒受困于当下的我，这个不知与时间究竟做何连结的我。

过去四天的标题叫作《肠道病毒时期的嗜中性白细胞减少症》。根据血球计数显示，我的免疫系统几乎已不复存在。我无法与他人共处，担心自己会病入膏肓，不光是肠道病毒，就连普通感冒或是冰箱里食物上看不见的霉菌于我都是威胁。朋友卡拉因为害怕我会因泥土里的微生物而感染，拿走了我家的花花草草。有人送花给我时，她也会把花拿走。我只有在独自散步的时候才会离开公寓。在某次这样的散步中，我一时忘记了自己的处境，伸手去抚摸了一只黑色的贵宾犬——然后在接下来的一英里路上，我都沉浸在由此产生的恐惧中。

在歌德的《浮士德》中，梅菲斯特变身为一只黑色的贵宾犬，跟在浮士德的脚边。当别人见到这只贵宾犬时，他们只看到一只狗；但当浮士德看向它时，他看到未来的镣铐在他的脚边一点点成型。贵宾犬低吠，浮士德让它安静。[1]我在某处看到这样的说法，当浮士德说“卷毛狗，安静！”时，他其实是在对自己说话。[2]

从那时起直到今天的每一天我都发誓，绝不再重复前一天日记本中出现的那种一败涂地的记录。

我向来憎恶带有英雄色彩的宏大叙事，但这并不意味着

1 Johann W. Goethe and Charles T. Brooks, *Faust: A Tragedy*, Boston: Houghton, Osgood and Co., 1880.

2 后来在同一场景中，浮士德对他的贵宾犬伴侣说：“我们知道，凡是自己无法理解的事情，人都会以嘲笑待之。”

我从没有表现出过那种英雄气概。普遍的痛苦被挤压过筛，过滤后仅剩下那些我们能够解释与记录的部分，于是这世上广阔而共有的痛苦变得狭隘又轻薄，薄得像丝绸，它的样貌和讲述它所需的语言一样异乎寻常。

同样，语言本是普遍的，但在寻找讲述方式这个阴险狡猾的过程中，语言像是财产一样被附着在讲它的人身上，似乎每一张嘴都独一无二，就好像出生于世，感受到疼痛、害怕或是需要被照顾有多特殊似的，好像试图去理解每天醒来都发现这一天比最糟更糟这无法理解的噩梦是多么独特的体验似的。讲述的过程总是让我们落入死局，固化最初激发我们表达欲的那些场景而不是真正揭露它们，仿佛我们这共通的贬损比任何日益滋长的怒火都更加强大有力。

锐利而切实的痛苦被分为一派，这种虚弱眩晕的状态专属于优雅的专业人士和怠惰而苍白的上流阶层。当这痛苦被讲述出来时，无论现实如何，最终的产物都像是那一阶层的珍宝。

如果你不认识我，你可能会觉得我的疾病同样矫揉造作，我的痛苦也不过是为了符号学的象征与意义而痛苦，我坐在输液室里时脑袋里想的都是古罗马的事。但我是个活在被利益驱使的世界里的没有存款的单身母亲，在这个将生存私有化的世界中，没有伴侣照顾我，也没有家人在身边。我是个从未有过任何财富或是接近过任何权位的人，一个在癌症治疗中不得不坚持工作，并且被叮嘱千万不要让雇主得知病情的人。换句话说，我的癌症，像绝大多数人的一样，是稀松平常的，就像我写作之外的人生一样。

我的癌症不仅仅是一系列感知，也不仅仅是理解阐释上的教训或者艺术上的难题，它是以上这些全部，但它同时也是一种将我俘获的担忧，担忧我会死去，丢下我女儿独自一人在这艰难世间孤苦伶仃，担忧我此生致力于写作，牺牲了自己的一切却活不到收获成果的那一天。它也是一种恐惧，恐惧我所写下的一切都将被网络服务器当成可挖掘的数据，却直到那些服务器化为尘土的那一天都不会被任何人阅读。与此同时，我会成为一个无法言语的物件，一个死去的人，将我所挚爱的一切人和物都早早抛下，让他们从此无依无靠。

一头被车撞了的小鹿挣扎着站起来，摔倒后又挣扎着站起来，一瘸一拐地走向路边银行的停车场。我十四岁的女儿见此情景说：

安妮，我憎恨这世界把这世界搞成这个样子。

接着说：

唯一的选择是恐怖主义或是闭门不出。

我告诉女儿，我的乳腺癌易感基因[1]检测结果是阴性。

1 乳腺癌易感基因（BRCA）出现基因突变的女性面临更高的患乳腺癌和卵巢癌的风险，乳腺癌易感基因出现基因突变的男性患乳腺癌的风险亦较大。大部分遗传易感性乳腺癌和卵巢癌都是因为这两个乳腺癌易感基因的突变，但也有其他基因会增加患癌的风险。——译注我告诉她，因为缺乏荷尔蒙诱因、遗传倾向以及明显的生活习惯诱因，我的癌症或许只是由辐射或是随机的致癌物质引发的，她不用担心自己受基因的诅咒而更容易患上癌症。

“你忘了，”她回答说，“我依旧遭受着活在让你生病的这个世界上的诅咒。”

每一个拥有身体的人都应该在出生时就被赐予一份有关如何死去的指南。

# 5

艺术应对苦难的问题在于，受苦的人往往被苦难折磨得精疲力竭，以至于任何有关苦难的记录还没来得及发生就已绝尽。我已疲惫，却面临需要讲述当下发生的这一切的难题——身体的脆弱到达了顶点，同时余下想讲述的一切又无法言喻。当世界对这身体（我的身体）犯下罪行，当身体的全部觉知都像是对它自身活生生的背叛，我又该如何记录这世界的现状？

有时讲述自己得了癌症比真正患癌还要痛苦。重现疾病的经历比忍受这些经历还要难。在场景的中心观察整个场景，扭曲着接近事实，要比像别人那样——埋头看地，接受自己听到的，期待被赐予遗忘的能力，最终熬过这一切——来得更加艰难。

我宁愿写些别的，随便什么都好。布莱希特在一篇有关书写真相之困难的散文中说，“真相不能随意被书写；它必须为一个具体的人而写，一个能用它做出些什么的人”[1]。我宁愿写些别的，随便什么都好。不仅是因为我恐惧审视痛苦所带来的附加痛苦，也是因为担心自己会将痛苦变成一种商品。我宁愿写些别的，随便什么都好。不仅是因为害怕重复讲述同样的故事，也因为担心这“同样的故事”是服务于世界现状的幌子。我宁愿写些别的，随便什么都好。但我知道他人是存在的，我们每一个人都是历史中的身体，每一个人都有着神经系统，有着噩梦，每一个人都有着自己的环境、昼夜与欲望，比如摆脱病魔的欲望，或是从一开始便不病倒的欲望，抑或是在病着时能明白个中奥秘的欲望。

布莱希特写道，作家必须有足够的勇气以了解事实，足够敏锐以辨别事实，有足够精妙的技巧以将事实武器化，足够审慎以判断出谁能够利用事实，并且足够诡诈以帮助事实到达其用武之处。[2]同时事实必须为一个具体的人而写，这

---

1 Bertolt Brecht, Tom Kuhn, Steve Giles, and Laura J. R. Bradley, *Brecht on Art and Politics*, London: Methuen, 2003.

2 同上。

个具体的人是我们每一个人——身处那将我们与地球紧密连接的爱和将我们推离地球的苦难的两相拉扯中的每一个人。

在罗马帝国时代，埃利乌斯·阿里斯提得斯曾面临一个难题。他想要写一本书，但不知道如何组织他自身的经历：

> 我已提到了那河流、可怕的冬天和沐浴，接着我是否该讲讲同类别的其他事物，并且汇编出有关寒冬、预言与奇异沐浴的索引？还是该将我的叙述分隔开，中间讲述些过渡事件？还是说最好略过所有的过渡事件，给我叙述的第一个故事结个尾，讲讲那些有关年岁的预言如何应验，一切的结局又是如何？[1]

1 Aristides, *Sacred Tales*.

# 预言如何应验

# 1

当癌症缠上了你，想要在护理疾病的同时照顾自己就变得十分困难，于是你无暇顾及自己为了活下去而失去了多少生活，又为这疾病失去了多少自我。护理你的疾病可以成为你存在的全部理由，像是命运安排的一桩婚事。日后，当紧急的病痛不再掠夺你的性命，治疗过程中残留的慢性致残症状仍会继续啃噬你的生活。

就这样，癌症流露出一股古怪的灾难气息，这气息好像来自上个世纪[1]。我现在采用的这种癌症疗法来自20世纪，而它的根源同样来自那里。我仿佛是在因为20世纪而患癌的同时也在被其治愈——它的武器与农药，它概而论之的宏大叙事与昂贵的死亡庆典。因上个世纪而病入膏肓的我，病情又因为四处横行的信息而雪上加霜——信息是我们当今世纪

1 指20世纪，下同。——译注

所独有的疾病。

在这工业化的世界里，我们之中约一半的人要么此刻患有癌症，要么将来会患上癌症，并且几乎每个人体内都携带了一点癌，即便我们未必察觉。癌症并不真的存在，至少并不以它的原始面貌存在。癌症是我们为了诽谤自己体内的恶性细胞而编造的一串谣言。

而癌症的危机并非我们的乳房、前列腺和肺脏中携带的恶性细胞，真正的危机先后在两个环节出现——先是在确诊的时刻，随后是在确诊所产生的影响到来之时。这影响通常指的是医学带来的灾难，或者是因为医学缺席而导致的灾难。医学苦心策划，企图阻挡死亡这一灾难的降临，殊不知死亡与诞生一样，不过是这世上再常见不过的灾难。

因为这些灾难的症状，我的身体不断说错话，令我无法听信于它。我的身体感觉自己正在死去，死于那些承诺能让它活下去的东西的副作用。它请求以自我毁灭的方式保住自己：一动不动，不事劳作，不吃不睡，拒绝一切触碰。每条神经都是乞丐，恳求被赐予一个尽头作为解脱。如果我的身体还存留任何智慧，那也是像愚人口中戏剧化的请求一样令人难以忍受。但是我不得不相信，我的身体一心寻死并不是因为它憎恶生命，它只是无法承受继续活着。

即便如此，我的身体和其他许多身体一样，还是承受了难以承受的痛苦。当面对最严峻的考验时，在迟钝乏闷中寻求庇护往往是生存下去的唯一办法。解离[1]是极好的应对策略，可当你身患癌症时，没有人会再关注你在白日梦里胡思乱想些什么。有些朋友似乎希望我能与现实分离得更远一些，希望我可以暂时放下对保持清醒的执着，毕竟有些事在情感缺席的状态下会好受一点。

---

1 解离症（Disassociation），即“解离性身份识别障碍”，指患有双重或多重人格的心理疾病。有理论认为，该类疾病的成因与创伤相关，当长期受到难以应付的严重伤害时，患者以“放空”的形式以获取“这件事不是发生在我身上”的感觉。——译注

我的手指甲和脚趾甲开始从甲床上剥落，纵使我在化疗期间特意坚持冰敷手脚也于事无补。指甲从指尖剥落和它从字面意义听上去一样疼。我用绷带将涂成珠光色的指甲缠在手指上。因为这场病，我已经失去了朋友、爱人、记忆、睫毛和金钱，因此我固执地抵抗失去任何其他我所依恋的事物。但指甲不顾我的大力抗议。它还是剥落了。

我的神经开始消亡。它们瓦解成一股热烈的痛感，灼烧着我的手指、脚趾和生殖器官。此后我的手指变成了最让人讨厌的唯我论者：对外界麻木不仁，内心却愤慨万千。针对此类神经病变症状，《您的肿瘤之旅》提供的解决方案是“在系衣服扣子时寻求他人帮助”，但它没说具体该找谁。同时，我的身体因本体感觉的改变而不再协调，不再能听从双脚来决定应该站在哪里。

我认识的一个女人说，三十年前的一场癌症之后，她再也没能恢复成从前的那个自己。如今古稀之年的她每天上班下班，回家后在解离的空白中度过余下的夜晚。因为需要靠工作维持生计，次日早晨她不得不再次出门，继续假装自己活在这世上。我们中的一些人在经受了最难以承受的痛苦后，几乎不复存在。埃利乌斯·阿里斯提得斯也描述过此番险境："因此我意识中的自己像是另一个人，我能感到自己的身体就这样一点点流走，直至我几乎死去。"

我想起中世纪的伊斯兰哲学家阿维森纳提出的"漂浮之人"假想。在这一假想中，人虽然不具备任何感知，却能够依据灵魂知晓自我的存在。[1]我不确定自己是否相信他的假想。古罗马诗人卢克莱修的哲理长诗《物性论》提供了更好的答案——我们是可以一寸一寸地死去的。每个细胞都是一个兼备了物质与精神的王国，而任何王国都可以被推翻。我们的生命力就像我们的血肉一样，似乎从来都不是一口气全部流走的，任何一个曾有过濒死体验的人都可以证实这一点。我们那被称为"灵魂"的东西能够以微小的分量一点一点地死亡，正如我们的肉体可以被逐渐磨损、切割和毒害一

---

1 阿维森纳："我们说：如果一个人在一瞬间被创造，并且被造得拥有肢体却看不见肢体，正巧他不触碰他的肢体，肢体也不相触，他也听不见声音；那么他将不知他所有肢体的存在，但他知道他以单一个体的事物形式存在，同时不知之前所有那些事物。不被知者本身并非是被知者。"

样。[1]我们灵魂失去的部分并不比肉体失去的部分更易取代，生命就这样从生命中一点点消散流逝。就这样，我们变得奄奄一息，却依旧不得不持续工作。

唯一从过往中留下的是“我自己”这个模糊的字眼，如今它已经可以与“癌症”这个没有人情味的虚幻说法相提并论。在癌症发作后的很长一段时间里，我感觉自己大概是死了，像一只从后生物时代穿越至来世的幽魂，出没于地球这片似曾相识的区域，而且不知道出于什么原因，我有时被允许相信自己依然活着并且正在取得些许成功。我想，倘若我还活着，至少一定要去加利福尼亚看看；又想，倘若生活真是如此，不可能有那么多人读过我的诗集。如果我已经死了，那么起码我很庆幸掌控永生的管事给我安排了一个道义上错综复杂并且还算有趣的后世。

---

1 卢克莱修《物性论》第三卷："多少次我们目睹人逐渐死去，一部分接着一部分地失去生命的觉知；首先是指甲和足趾变蓝了，其次脚和腿死去了，之后，在其他各部，死神的冰冷的脚步一步一步地爬过去。既然这个灵魂是被撕碎的，也并非一下子整个地疾速离开，所以我们必须相信，灵魂也终有一死。"（参考方书春译本，略有改动，谨此致谢。——译注）

在聚餐时向别人坦露我可能已经不在人世的想法总会造成尴尬的局面。但同时，试图向自己证明自己的存在也是有一定难度的，这需要跨越整个苍穹的信息推送不断滚动播出证据以提醒你，你到底是什么——那些你曾经结交的朋友，曾经犯下的错和伤害的感情，所有睡过的床和读过的书，因你如今的可怜模样而不屑与你结仇的冤家，还有你昔日容颜与今日样貌的对比。对于那些意识得以完好无损的人而言，记忆就是他们的信息推送，但我没他们那么幸运。我早已被迫用记忆换取了性命。真正的文学作品应该是卧床的普鲁斯特，讲述一名对自己的母亲深感兴趣的阔绰男子的故事。而我的书应该取名为《药物影响之下追不回的似水年华》。

后来我了解到，感觉自己已经死去是有物理根据的，它可能是由某种脑损伤造成的，例如我在化疗过程中遭遇的那种脑损伤。原来，已是幽魂的我并不是因为某些超自然的原因丢掉了自己，而是因为一些切实的物理原因。但是对于我为何在一半时间里觉得自己已经死了这个问题，理性的解释并不能缓解我正以一种感到自己不存在的方式存在而产生的非理性恐惧。于是我们就这样，我也就这样，孑然一身。一半的我跌落了，一半的我们消失了，我们所有人都像幽魂或是未死的幽魂一样。一半的我们死了，一半的我无从追忆，无迹可寻。

# 2

在美国药监局批准化疗药物阿霉素的1974年，英国小说家D. G. 康普顿发表了一部名为《无休止的凯瑟琳·莫滕赫》的科幻小说，故事围绕一位被告知自己死期将至的女人展开。女主人公莫滕赫被诊断患有致命的“戈登综合征”——一种由信息过载，即“接受的图像数量与速度超出了人体大脑处理信息的生理极限”所造成的疾病。[1]而对于一名戈登综合征患者而言，信息并不是唯一的死因，患上此病所致的愤怒也在同时置她于死地。莫滕赫被告知，当人被一屏幕接着一屏幕的数据所淹没时产生的那种愤怒，正是将要杀死她的罪魁祸首。她的医生解释道，这种对信息的持续愤怒状态致使她的心灵开始以死抵抗外界结构，以至于创造出一种“反叛的思维模式”。[2]医生说她反抗得太过顽固，已病

---

1 D. G. Compton and Jeff VanderMeer, *The Continuous Katherine Mortenhoe*, New York: New York Review Books, 2016.

2 同上。

入膏肓，无药可救。电脑为她判定了余下的人生：她还剩一个月可活。在这样的世界和浩瀚的信息面前，凯瑟琳·莫滕赫的大脑终日处于一种晕眩想吐的状态，因此她只能死。

莫滕赫在一家名为“计算图书”（Computabook）的出版社工作。她在等待病情消息的同时，将故事情节输入到一个叫“芭芭拉”的电脑程序里，这程序会自动根据情节撰写小说。当得知芭芭拉由于“电路烧焦”也即将死去时，莫滕赫非常同情这位与她共事的电脑程序——“可怜的芭芭拉”，她反复念叨。莫滕赫开始憧憬从前那个不受机器干涉的年代，她想以最原始的方式亲笔撰写一部文学作品。她书里的人们将是他们各自真实的样子。她想，“每人都是简单的化学结构，都不过是一束神经元，每束神经元内在的沟通系统都经由数千年的生命逐步搭建而成，而这背后的逻辑缘由如今已大都不可追溯”[1]。

莫滕赫就职于言情文学部门——事实上作为言情文学部

1 D. G. Compton and Jeff VanderMeer, *The Continuous Katherine Mortenhoe*, New York: New York Review Books, 2016.

门的唯一主管和员工，她就是言情文学部门。因此也就不难想象，即便作为一位相信控制论的实证主义者，她仍幻想着“我的故事将包含那唯一的现实，即，这世上不存在现实，我将因此一举成名。我最好在医院里写这本书，最好在我奄奄一息的那一刻口述故事的尾声”[1]。

在小说中这样一个几乎每人都死于衰老的世界里，唯独莫滕赫即将死于疾病，她因此变得小有名气。媒体为了满足“公众对痛苦的饥渴”而开始追踪她，希望找到抓拍她的机会。为了不让媒体接近，莫滕赫填写了申请表，请求得到为期三天的“私人悲痛”许可。

在这个被资本操控的医学宇宙里，所有人的身体都在以

1 D. G. Compton and Jeff VanderMeer, *The Continuous Katherine Mortenhoe*, New York: New York Review Books, 2016.

利润为中心的轨道上周而复始地旋转，如今在美国的某些地区，连双侧乳房切除术都可被归为日间手术[1]。在我的乳房切除手术结束后，康复病房的驱逐令来得又快又急。护士把我从麻醉中叫醒并开始替我在出院问卷上填写错误的答案，我在一旁试图向她证明我尚未恢复，却没能成功。我告诉她，我术后的疼痛并没有得到控制，我还没来得及上厕所，也没有获得任何医嘱，我无法站立，更别提出院了。而手术中心依然强迫我出院，我便离开了。

你当然无法在刚接受过乳房切除术的当天就自己开车回家。你疼得低声啜泣，无法使用双臂，身上挂着四个引流袋，麻醉药效让你昏昏沉沉，几乎无法行走。照理说你到家以后也需要有人陪同。但是，一旦你被赶出手术中心，便没人真的在乎你将如何应付接下来的一切，是否有人照顾你，这些人为了照顾你又要做出哪些额外牺牲，需要得到

1 即当日手术，亦称非住院手术，来源于欧美发达国家，其特点是减少患者住院时间、缩短患者手术等待时间，原则上适用于创面较小、安全性高、医疗技术成熟的常规手术。——译注

哪些支持。

如此看来，即便控制了年龄、种族和收入的变量，单身女性乳腺癌患者的死亡率仍是已婚女性患者的两倍，这数据恐怕也不足为奇。如果你在单身的同时还很贫困，死亡率会变得更高。

所有人都明白的既定事实是，除非你此刻身处一段被世俗认可的亲密关系中，或者你活得够长久、养育出了孝顺的成年子女，或者你足够年轻、仍能得到父母的关照——否则在高侵袭性的癌症和高侵略性的利润面前，你很难被视为一个值得活下去的人。

在麻醉剂尚不存在的1811年9月，范妮·伯尼为了移除前一年8月在胸中发现的肿块，于巴黎的家中接受了乳房切除术。手术前医生告诉她："你要知道这会很疼，我不想骗你——你会受苦——会受‘很多’苦的！”[1]

你，医生告诉她，会受很多苦。

伯尼如此描述她的肿瘤：“我感到这祸害扎根极深，以至于我常想，如果它无法自己化解，那我只能与它同归于尽了。”在死于癌症的长期疼痛与死于癌症治疗的短期疼痛之间反复掂量之后，伯尼将自己交给了更乐观的那种痛苦——她选择将肿瘤切除。

七位身穿黑袍的医生相继抵达。伯尼钻进临时搭建的手术床，用一块薄纱蒙住双眼。主治医生问：“一会谁能帮我捧住这只乳房？”伯尼答道：“医生，我可以。”她扯开薄纱，亲手捧起自己的乳房，以便医生一边切除它，一边细细向她阐明它内部灼烧的疼痛网络。

见此情景，医生默默为伯尼重新盖好薄纱，将她的手放回她身旁。“毫无希望了吧，”她后来写道，“就这样绝望又自暴自弃了。我再次合上双眼，全然放弃观察，放弃反抗，放弃干涉，悲壮地决定就此任由自己被摆布。”

---

1 此处原文为法语。——译注

伯尼如此形容手术过程中的她的双眼："它们感觉像是被密封住了一样。"[1]

并非一定要目睹苦难才能对其感同身受。在疾病中，失去始终是至高无上的知识来源。在另一部关于乳房切除术的著名文学记载，奥德丽·洛德的《癌症日记》中，洛德如此描述自己的经历：从麻醉中醒来的她，身体已被彻底改变，脏器被切割活检，心中因此充满恐惧——出于亲身经历的必然，一个人在全身投入于"失去"的同时，势必也翔实地目睹了这种全身投入是多么无法实现。人拥有身体，也就意味着人无法自始至终、毫无遗漏地看到自己身体的遭遇。

对伯尼而言，即使紧闭双眼，她仍旧昏厥了两次，倘若亲眼观察自己身体的遭遇，定是惨不忍睹。为了保存觉知，她彻底放弃了观察。因此她笔下的经历超越了任何肉眼所能提供的证词，成为凌驾于视觉体验边界之外的、对疾病其他层面的见证。1978年3月25日，奥德丽·洛德这样写道：

1 Fanny Burney, *Letters and Diaries*.

> 觉知（knowing）有别于相信、信赖甚或是理解，它向来被认为是异端邪说。但我心甘情愿以任何痛苦作为代价，好去仔细体会沉思的重量，不是被信念或是信仰，而是被切实的感受完全填满，被各种直接或间接地源自一切真实的知识（knowledge）填满。[1]

觉知不同于感受——对任何并非专家的人来说，它都是可以被指责和质疑的。于是，就像对身体的感受会阻碍人们观察自身的遭遇一样，过于强烈的感受同样可以阻碍人们思考——至少对于伯尼来说是这样的。她在记录自己的乳房切除术时提到，手术中的感受使得她无法思索整件事的经过。但无法思索不代表就没有觉知。即便是在手术过去九个月后，在她用来记录这一事件的整整三个月里，伯尼写道，她仍然无法在重读自己所写的文字时不感到恶心。她写下的不单是浅显的关于乳房切除术的记录，她所记载的，是我们不得不目睹却又无法直视的事，是我们不得不理解却又不

---

1 Audre Lorde, *The Cancer Journals*.

忍细想的事，也是我们深知必须去书写却在写下后不忍重读的事。

一想到这些我就感到恶心，提笔写它也让我感到恶心，阅读别人关于乳房切除术的记载更是令人难以忍受。有时我会羡慕过往的凄惨境遇，因为它们至少是不同于我眼前这个时代的另一种凄惨与羞辱，而这种羡慕同样让我感到恶心。

据《癌症日记》记载，洛德在20世纪70年代切除单侧乳房后，在医院休养了五天。[1]当时洛德有一间能接待访客的病房，一张供她休息的病床，她在被赶出医院之前起码恢

1 我与洛德的乳房切除经历虽然在客观条件和历史环境上迥然不同，但这并不意味着洛德未曾从手术中醒来的那刻起就需要为自己争取权利；对洛德而言，她所争取的是在疼痛时可以喊出声的基本权利。如她在《癌症日记》中所写："我记得自己在康复病房里疼得大嚷大叫，有位满脸嫌弃的护士给我打了一针。我记得有个声音告诉我屋里有病人在休息，叫我安静闭嘴，然后我说：可我有发出声音的权利，别忘了我也是个病人。"

复到了能在走廊里慢慢行走的程度，回家后也能继续休息数周。她得以将自己失去的乳房，而不是因化疗失去的记忆功能、语言功能和思考能力，视为她患癌的主要事件。而如今，在进步的假象之下，许多乳腺癌患者却得不到与洛德当年相似的待遇。手术结束后，她们无法获得充分的疼痛管理，也未曾接受解决乳房切除疼痛和术后行动不便的理疗，更没有假期可休。失去乳房远不是她们在癌症之后面临的最大困难。在美国，她们得不到一张供人休息的病床，也得不到针对化疗引起的感官损伤的康复治疗——她们能得到的，是由联邦政府批准的乳房重建服务，她们甚至可以选择任何材质的乳房填充物。

在阅读关于乳腺癌的历史叙述时，我时常对过去那个尚未因资本利益而全面溃烂的世界感到惊诧。如今，术后疼痛管理尚未到位，患者的乳房就已被切下来捐给机构或是送去焚烧，患者随即被赶下病床。我与众多患者所经历的手术被称为“自驾路过式乳房切除术”。美国卫生保健研究和质量管理机构的一项调查显示，“2013年，45%的乳房切除术是在与医院挂钩且没有过夜服务的非住院日间手术中心完成的”[1]。躺在病床上的我们才刚被切开，还淌着血，还处于强烈的震惊、痛苦和麻醉之中——但无论我们多么努力地试图阐明我们的苦痛，都得不到我们迫切需要的照护。

在切除双侧乳房之后的第十天，也是我的组织扩张乳房重建手术即将开始之际，我不得不回到学校去工作。事实上，我在手术前接受化疗的数月里一直在坚持教课，但即便这样我的病假还是用光了。如果能在保证职业生涯不受影响的前提下有办法让我休假治病，我宁愿放弃对世上所有硅胶填充物的享用权。但如果一个人的癌症治疗超出了《家庭与医疗休假法案》[2]所允许的无薪假期周数那狭窄的范围，就得不到任何保障了。

使我愤怒的是，尽管身处如此险境，我却依旧要求自己拒绝承认包括洛德与伯尼在内的众多前人曾经精准描述的痛

1 Julie Appleby, “More Women Are Having Mastectomies and Going Home the Same Day”, NPR, Feb. 22, 2016.

2《家庭与医疗休假法案》（FMLA）是美国劳工法的一部分，制定于1993年。该法案保护雇员在遇到重大疾病、生育或需照顾患病家属时，可在12个月内享有12周无薪假期而不被解雇。——译注

苦。我尽量不对自己的乳房切除术产生任何感觉，因为一旦试图去感知这件事的实际重量——尤其是在经历了半年的侵略性化疗之后——我仅存的那一点活下去的力气将被抹杀得一干二净。我选择不去悼念自己失去的乳房，因为我们共处的这个世界的状况比我个人的状况要糟糕成千上万倍。

同样使我愤怒的是，在手术后的日子里，除了拜托朋友开车送我上班外，我别无选择。他们为了帮我已经做出了巨大牺牲，还要替我把书抱到教室里，因为我的胳膊无法用力。在因术后的痛苦与失去而神志不清的日子里，我教了一堂三小时的课，讲的是沃尔特·惠特曼的长诗《睡觉的人们》——“徘徊又迷糊，神志恍惚，理不出头绪，自相矛盾”[1]。讲台上的我，胸腔被缝挂的引流袋紧紧压迫着，似乎应该表现出乳腺癌幸存者那种肉眼可见的勇气。而我的学生对我身上发生过什么一无所知，更不知道那一刻的我有多疼。

当一个人公开抱怨关于乳腺癌治疗的任何事时，她的抱怨通常会被更大一群人的声音淹没，其中很多人从来没有

1 以下关于惠特曼诗句的译文参考了赵萝蕤译本，谨此致谢。——译注

患过癌症，却指责她不懂得感恩，说她已经够幸运了，警告她消极的心态会害死她，提醒她搞不好她还是会死的。和所有癌症患者一样，我被告知要心存感激，因为这样有益于我的康复。我有接受治疗的机会，有一份有意义的工作，有朋友，有幸活到今天，我想我或许确实是心存感激的。正如惠特曼在《睡觉的人们》中写的："谁还没有走进棺材和黑暗的坟墓，要让他知道他应该满足。"我的私人悲痛许可早已过期了，就像其他所有人的一样。

事到如今也许显而易见，我的感受与体会在很多层面上都清晰可见，我的状态却每况愈下；多少次挣扎着试图得到注意，最终只换来差强人意的默许。我一遍又一遍地挣扎，换来一次又一次的失望，直到习以为常。得到注视，除了让可见的猎物变得更容易捕杀以外，对于哪些人群和哪些事物能够真的“被看见”的权力关系并没有起到切实的改变。

人们在注视下死去，在注视下担忧受苦，整个世界在整个世界的监视下展开。无人机驾驶员杀死可见的受害者。企业集团采集我们可见的通讯记录，计算我们可见的点击次数。我们将自己的痛苦发布到公开可见的互助小组里。布满卫星网络的天空俯视我们可见的一举一动，毫不知情的飞鸟与云朵对此无动于衷。诊断屏幕上，我们曾经私密的内脏变得清晰可见，内外颠倒。如今大多数明眼人都知道，我们切身体会过的一切都被一种不祥的注视包围着。然而，光是发现问题并不能带来我们迫切想要的解决办法，反而徒增了在它局限化真相的资本主义架构中为我们共通的悲剧制造声势的额外工作。

在悲剧的悲剧中，在我这些和你们并无不同的自相矛盾里，我并非觉得世界上没有那么多悲伤的错误与令人愤怒的事情值得关注。只是有些事始终神秘又无奇，我想也正是在这些事物里，依然存留着一丝希冀。世界的命运依赖于那些不可见的事物带来的承诺，正如我们也该相信视觉终究不是唯一的感官。

# 3

我一直想写一本与美丽对抗的最美的书。我会把它命名为《环磷酰胺、阿霉素、紫杉醇、多西他赛、卡铂、激素、抗炎药物、抗精神病和抗晕眩药物、抗焦虑和抗晕眩药物、抗晕眩药物、抗抑郁药物、镇静剂、盐水冲洗、抑酸剂、眼药水、滴耳药、麻药膏、酒精棉、抗凝剂、抗组胺药、抗生素、抗真菌药、抗细菌药、助眠药、维生素 $D_3$、维生素 $B_{12}$、维生素 $B_6$、卷烟型 / 精油型 / 食用型大麻、氢可酮、羟考酮、芬太尼、吗啡、眉笔、面霜》。

外科医生打电话告诉我，据她判断药物已经奏效，癌症不见了。在化疗六个月后所进行的双侧乳房切除术实现了"病理完全缓解"[1]——这正是我所盼望的结果，同时也是最

1 病理完全缓解（pathological complete response, PCR）指化疗后乳腺病灶完全变成原位癌或是完全消失，是三阴性乳腺癌术前新辅助化疗常用的疗效终点，也是预后的重要指标。——译注

有可能让我有朝一日死去时不是死于这个癌症的结果。

得知这个消息的我感觉自己像是一个新生儿，被一双由爱与嗔的孽债编织而成的双手环抱着。我就算再活四十一年，也不够用来报复我所经历的一切。

# 骗　局

假如不能上震天堂，那么我将下撼地狱。

——弗洛伊德《梦的解析》(1899年)，
引自维吉尔《埃涅阿斯纪》

# 1

我偶然看到一条新闻，标题是《对乳腺癌幸存者来说，心态决定一切》。于是我开始去寻找各种题为《心态决定一切》的新闻，比如《对埃博拉患者来说，心态决定一切》，或是《对患糖尿病的男人来说，心态决定一切》，或是《对患先天性梅毒的人来说，心态决定一切》，或是《对铅中毒受害者来说，心态决定一切》，或是《被狗咬到手的时候，心态决定一切》，或是《对枪击受害者来说，心态决定一切》，或是《对宿醉的青少年来说，心态决定一切》，或是《对被一辆福特皮卡撞了的“郊狼”车来说，心态决定一切》，或是《对地心引力来说，心态决定一切》，或是《对水文循环来说，心态决定一切》，或是《对静脉曲张患者来说，心态决定一切》，或是《对正在灭绝的珊瑚礁来说，心态决定一切》。

# 2

俄克拉何马州的教师助理肯·马邦在学生们为他组织了一场筹款募捐后，拿到了一把新车的钥匙，以方便他自己开车去接受癌症治疗。[1]珍妮弗·加斯金是俄亥俄州的一位单身母亲，她的朋友们在她治疗期间轮流为她备餐，好让她和她的孩子能吃上饭。[2]艾丽西亚·皮耶里尼将这句话以斜体字样文在了自己的大臂上："或许癌症开启了这场战斗，但我将终结它。"[3]

玛吉经受的化疗使她难以行走。莫妮卡在第一次化疗输液后摔坏了腿，导致两处骨折。罗伯特因为化疗几乎掉光了牙齿，并且开始不受控地抽搐。约翰·英格拉姆因为摘除了

---

1 Ray Leszcynski, "'He Had Us All Duped': Mesquite Teacher's Aide Has Criminal Past, Not Cancer", *Dallas Morning News*, Jan. 24, 2017.

2 Hannah Button, "Friends Question Tualatin Woman's Cancer Diagnosis", *KOIN*, June 20, 2017.

3 Crystal Bui, "Woonsocket Woman Accused of Faking Cancer, Spending Donations", *WJAR News*, June 22, 2017.

胸部组织而不得不忍受慢性疼痛。戴安娜·格林这样描述她的乳房切除术所带来的后果:“我失去了我的家，失去了我的婚姻，失去了我的健康，失去了我的工作。我失去了我所拥有的一切。”[1]

澳大利亚的生活博主贝尔·吉布森是《健康有益食材柜》的作者。2014年，她被《世界时装之苑》杂志评选为“本年度最励志女性”。贝尔号称自己在用食疗医治癌症，还称自己患有血癌、脾脏癌、脑癌、子宫癌和肝癌——而事实上她从未患过癌症。[2]

然而据后来的公开报道显示，以上提到的这些人都不曾真的患过癌症。得到新车的人没有患病，文了身的人没有患病，接受化疗的人没有患病，做过手术的人没有患病，写了书的人也没有患病。一些人，包括约翰·英格拉姆和戴安娜·格林，是在没有患癌的情况下被医生误导，认为自己得了癌症。另一些人，包括肯·马邦、珍妮弗·加斯金、艾丽

---

1 “Society Can Decide If 15-Year Term Is Enough for Jailed Surgeon, Victim Says”, *Herald Scotland*, May 31, 2017.

2 “Belle Gibson | The Whole Pantry”, *ELLE*, Mar. 13, 2015.

西亚·皮耶里尼和贝尔·吉布森，据说是在自知未患癌症的情况下有意撒谎，使他人相信自己病了。

密歇根州的肿瘤科医生法里德·法塔因对未患癌症的人进行化疗被判入狱四十五年。[1]英国乳腺外科医生伊恩·帕特森因误导病人相信自己本是良性的肿瘤是恶性的，而后摘除了病人的乳房，被判入狱十五年。据说，在他最终被宣告犯下“故意伤害罪”前，他曾开玩笑说，“我总得想办法赚够度假用的钱吧”[2]。

有人被欺骗，以为自己患了癌症。有人欺骗别人，声称自己患了癌症。这世界充满了佯装患癌者的奇闻异事。这些人所希望得到的，似乎也不过是所有人都需要且应得的——一些休息时间，一点可以花的钱，冰箱里的一碗炖菜，一些爱。这些故事里，有人利用伪造的医生证明休了一百天假，有人把头发剃光向教会祈求募捐，有人将自己感染的HPV

1 Robert Allen, “Cancer Doctor Sentenced to 45 Years for ‘Horrific’ Fraud”, *USA Today*, Gannett Satellite Information Network, July 11, 2015.

2 Martin Fricker, “Breast Surgeon Who ‘Played God with Women’ Faces More Jail Time”, *Coventry Telegraph*, Dec. 27, 2017.

病毒编造成凶猛的宫颈癌，作为节日家庭聚餐时的谈资。还有医生误导良性或类似癌症症状的患者接受昂贵的高侵略性治疗，有医生不告诉病人他们即将死去，致使他们日复一日地接受昂贵、痛苦却无用的干预治疗。那些假装自己患癌的人被发现时往往会面临法律的制裁，就算他最终逃过了法律的制裁，起码也会经受社会的孤立。而那些以细微精巧的手段过度医治病人的医生往往不会承担任何后果。

但骗人的不止是医生和病人。研究员罗杰·普瓦松公开承认，自己曾在1977年至1990年涉及近一百位患者的重要乳腺癌研究中捏造、伪造治疗效果数据。普瓦松声称，他篡改实验记录是为他的研究对象好——这些研究对象中，许多都是在不符合实验要求的情况下被违规纳入实验的。《时代周刊》一篇题为《科学大骗局》的报道称，“调查人员在普瓦松的实验室里发现了两套病人病例记录，一套标记为‘真’，另一套标记为‘假’”[1]。

1 Alice Park, “Great Science Frauds” , *Time*, Jan. 12, 2012.

2017年9月，在一起大型跨地区诉讼中，原告声称制药企业赛诺菲·安万特集团未能针对泰索帝[1]严重且影响终生的不良副作用对患者和医生做出充分的警告。早在2009年，美国药监局就曾向赛诺菲发函，警告该药厂有关泰索帝这种药物的一些声明不属实。[2]在2017年7月的另一起诉讼中，制药企业新基同意支付2.8亿美元，作为推销癌症药物未经批准用途的赔偿。[3]美国药监局还声称，“近来，网络上出现了越来越多的虚假疗法，号称能治愈患癌症的猫和狗”[4]。

新闻报道称，三十八岁的英国女人凯尔西·怀特海德剃光了她的头发，用化妆品伪装出病容，并强迫自己在工作场所呕吐。她买了一种化疗时用于静脉注射的西克曼式导管，并切开了自己的胸膛将其植入。判她欺诈的法官说她“心理

1 泰索帝（Taxotere），赛诺菲集团研发的化疗注射液，适用于局部晚期或转移性乳腺癌、非小细胞肺癌、前列腺癌及胃癌的治疗。——译注

2 “FDA Warning Letter to Sanofi-Aventis Re Taxotere Marketing”, *Fierce Biotech*, May 14, 2009.

3 Katie Thomas, “Celgene to Pay $280 Million to Settle Fraud Suit over Cancer Drugs”, *The New York Times*, July 26, 2017.

4 “Consumer Updates—Products Claiming To”, *U.S. Food and Drug Administration Home Page*, Center for Biologics Evaluation and Research.

真的有问题”[1]。

制药企业会撒谎。医生会撒谎。病人会撒谎。健康人会撒谎。科学家会撒谎。网络会撒谎。

名为“治愈你自己的癌症”（cureyourowncancer.org）的网站售卖着大麻脂油和标价45美金、印有大麻叶和“我会杀死癌症”字样的鸭舌帽。该网站还声称，“大型药企欺骗我们，试图使我们相信他们所谓的‘癌症疗法’真的有效”。时长9分44秒的网络视频《揭露癌症大骗局》下的视频描述说得更是直白：“医药产业会杀死你。”

当你身患乳腺癌时，每个月都是十月乳腺癌粉色宣传月（Pinktober），而每个真正的十月都是地狱。整个世界都是血

1 “Gainsborough Woman Whose Elaborate Cancer Hoax Conned Employer out of £14,000 Is Ordered to Pay Back £1”, *Gainsborough Standard* (U. K.), June 19, 2017.

样的粉红，布满得体的政治宣传，仿佛任何死于乳腺癌的人都是死于错误的心态，要么就是错食了一根香肠，再不然就是没有信任一位年轻肿瘤科医生的话。我的化疗起作用后，人们都说他们早知道我一定会活下来的，就好像我有多么特别，多么强大，而所有其他人都不如我一样。

线上论坛持续记录着由乳腺癌引起的失去。女人们以心满意足的幸存者口吻，发帖讲述自己是如何因为简单的头痛去看医生，接着却得到自己即将死于凶险的转移性癌症的消息——一个她们不曾提出的问题的答案。女人们向社交媒体群组、邮件群组和论坛告别，有时她们的伴侣会代她们告别。女人们知道她们会死去，会死得太早。她们中的一些人愿为活下去做出任何事，这些人会死于自己为了活下去而做出的事。

这些女人并非该死之人。系着粉色丝带的警车、粉色手铐、粉色文化衫、粉色乒乓球、粉色塑料水瓶和粉色左轮手枪不该被误认为是那些将死的女人跟不上的进展。粉红丝带装饰着那些置人于死地的物件和程序。所谓的解药现在没有，从前也不曾有过。

在美国，每年有四万多人死于乳腺癌：也就是说，每十三分钟，就有一个女人死于乳腺癌。如果化疗已经太迟或是用错了药，或是出于什么别的原因不起效，三阴性，也就是我患的病型，会很快脱离乳房驰骋全身，在身体柔软的部分茂盛生长：脑、肺、肝。接着你便无法呼吸，无法生活，无法思考。

当然，很多人并不知道乳腺癌分许多种，更不知道每种之间的区别，也不知道其实任何有乳房组织的人都可能患乳腺癌，包括男人、女人和非二元性别的人，顺性别人和跨性别人，年轻人和老人，健壮的人和虚弱的人，异性恋和非异性恋的人。没有任何一种癌症是好的，但患有更为常见的荷尔蒙受体阳性乳腺癌的患者大都可以服用他莫昔芬，吃大豆制品，期待未来，在网上的癌症聊天室里说，“起码我不是三阴性”。这句话她们说得如此频繁，以至于我如今都无法直视这些字眼。尽管大多数患四期乳腺癌的人最后很可能会死于癌症，但患荷尔蒙受体阳性亚型的患者知道，就算她们的癌症已发生转移，它起码可能会慢慢转移，可能会先侵犯她们骨骼中缓慢又坚硬的物质，给她们留一些活着的时间。

网络群组中患四期三阴性癌症的女人则不太可能以“年”为单位来思考问题。她们发帖说自己的基底细胞飞速增殖，说她们脑中有发光的斑块。她们发帖说自己害怕眩晕的感觉，说感冒久久不能痊愈，还说分不清是化疗还是脑部肿瘤导致了某些认知损伤。她们讲述自己带着神经已死的双手去工作，那双手无法应付一副键盘，甚至拿不起一支笔。从比例看，三阴性乳腺癌在黑人女性中的发病率极高，同时它也是最后一种还没有针对性疗法的乳腺癌类型，我相信这是医学界由来已久的制度化种族偏见在作祟。三阴性也更多地在年轻人中出现，它似乎依照“身体越健康，癌症便越凶险，越有可能带来死亡”的逻辑行事。肿瘤科医生在初次向我解释病理时告诉我，“好消息是，起码我们有化疗”。这些女人的死是不必要的，是种族偏见所致的，因她们的死而产生的悲痛理应将地表撕开。

论坛里，活下来的女人称死去的女人为“天使”。而有些女人的生活则依照另一系列糟糕的数据进行：有时在癌症治疗期间，尤其在治疗之后，她们被抛弃，遭遇离婚，被出轨，被虐待，被致残，被解雇。贫穷和心碎同样是医源性的：招致它们的似乎是治疗而非疾病本身。在社交媒体上，有关死于这许多人误以为可治愈的疾病的记录杂糅在有关乳腺癌幸存者被抛弃、身陷贫困、失业、忍受脑损伤和其他痛苦的记录中，这些又杂糅在我的朋友和熟人的帖子里，在他们的政治辩论、文学圈丑闻和博学多闻的意见主张中，同时，又杂糅在报道警察枪杀、令人绝望的气候问题、上街游行的新闻中。

在我接受治疗后的那个夏天加入的网络聊天群组中，全世界的病人们因一种化疗药物引起的极度痛苦的副作用而相互怜悯。我们彼此通信，分享成功说服美国药监局发布有关该药的警告的成就感。在法律斗争开始之后，我们又在邮件中讨论药厂是否对他们的作为有所歪曲。我们开电视上追救护车广告[1]的玩笑。一位律师告诉我这是“制药行业历史上

1 追救护车广告（ambulance-chasing commercials），指专打医疗事故官司的律师广告。——译注

最明目张胆的恶意隐瞒”，而我既没有能力请这位律师代理，也没有精力进行诉讼。在化疗几个月后，当我得知自己也将在这些被刻意隐瞒的药物副作用中度过余生时，我实在无法接受将余下的生命用于打一场官司。等到我能鼓起勇气打电话查证病历，以确认我都用了哪些批号的药物时，有关药物的诉讼已经进入公开审理阶段，我的用药记录已无迹可寻，而我永远也无法知道这两件事是否有所关联。多年以后我得知，虽然我没有参与诉讼，但仅仅因为我曾经加入过邮件群组，代理药厂的律师们就传唤调用了我的电子邮件数据。我不得不找律师代理我，以避免我的故事在违背我的意愿的情况下成为诉讼的一部分。尽管我从来没想要患癌症，没想用这些化疗药物，没想要这药物带来的终身后果，更没想参与一场有关这药物带来的终身后果的诉讼，但如今，癌症治疗的后果所带来的后果似乎永无止境。后来，一家致力于维护消费者隐私权的非营利组织帮助了我，但我依旧觉得做出这事的药厂一直阴魂不散，就像癌症一样。我等着它再来敲我的门。

太多我认识的女人都说，她们宁愿选择死于癌症，而不是经受致伤致残的药物治疗。我们被利益和药物摧毁的“从此以后”令她们无法忍受。但她们所面对的是个伪两难推理。就这种化疗药物来讲，市面上似乎有和它一样有效且永久伤害风险更小的药物，但我们治疗时用的、后来伤害我们的这款药是对某些人来说更有利可图的选择。有女人发来遗书，说她们没法继续活下去了。这些邮件杂糅在我的其他邮件里——工作邮件，来自美容产品公司的邮件，编辑发来的邮件——它成为一团空洞的悲伤，航行在由信息构成的水平线上。

我愿你会明白，因为所有这一切，每一条粉红丝带看上去都像是征服者的旗帜，耀武扬威地插在某个女人的坟墓上。

# 3

自称身份为“母亲”和“妻子”的视频博主Coopdizzle在死于三阴性乳腺癌前的最后几天录制了一个题为“我死了=([1]”的视频。视频中的她说，“患上癌症会令你大开眼界”。我是从另一位三阴性乳腺癌病人克里斯蒂娜·纽曼的视频下的评论区中知道Coopdizzle的。在确诊患癌后，我开始关注纽曼的频道。

在一个发布于2011年的视频《我为什么拒绝化疗和放疗》中，克里斯蒂娜·纽曼讲述了她是如何决定用食疗治疗癌症的。Coopdizzle在那个视频下评论说，是克里斯蒂娜·纽曼的故事让她决定继续进行传统医学治疗。看到这条评论后，我开始关注Coopdizzle的视频，因为克里斯蒂娜·纽曼的故事对我产生了同样的影响。正是因为克里斯蒂

1 网络表情符号，表示不高兴、难过的情绪。——译注

娜，我即便不想，也坚持去做化疗。在用食疗应对癌症的尝试失败后，克里斯蒂娜·纽曼最终还是求助于化疗，并忠告他人不要重蹈她的覆辙。

纽曼的癌症扩散诊断是在一系列愈发痛苦的真相中逐步披露的。她说自己起初觉得不对劲，感到一定有哪里出了问题，但医生不顾她的坚持，说她的担忧不过是癌症治疗后的抱怨。同时，医生也没能发现她已经怀孕。在一场惊险的先兆子痫发作中，她生下了一个女儿，阿娃。生产后她的症状依旧没有消失，克里斯蒂娜继续向她的医生诉苦，而医生依旧敷衍了事，此时他们说她的担忧不过是产后的抱怨。根据纽曼的讲述，医生一直声称他们不觉得会发现什么东西，直到最终他们真的发现她的肝脏已经充满了高侵袭性的三阴性癌症，而彼时正在抚养新生儿的她正在死去。克里斯蒂娜·纽曼宣布拒绝化疗的视频是她那由接连不断的噩梦组成的故事的开幕场景。那个视频下面有人留言道，“致所有草药医生和自然替代疗法狗屁江湖骗子，这就是你胡说八道的下场”。

在题为《最后一支日常家庭vlog，消息越来越坏#72》的视频中，克里斯蒂娜的伴侣说："她没准备好放弃。她不想放弃。" 那是克里斯蒂娜的最后一次更新。我第一次看到这个视频是在我开始治疗的最初几周，那时我为克里斯蒂娜悲痛不已，也为自己感到恐惧。那时克里斯蒂娜还活着，坐在她的伴侣身旁，用吸氧管呼吸，几乎不能讲话，她的脸因类固醇激素而肿胀。那是我和其他观众最后一次见到她。在那之后的视频中，一位好友描述了克里斯蒂娜活着的最后几个小时——她多么想多录一些视频，牧师做最后的仪式时她看上去多么难过，以及在那之后的几个小时里她如何艰难地死去。

克里斯蒂娜的视频网站主页上，有人还在祝贺已不在人世的她"粉丝数越来越多"。名为汤米·罗凯特的用户提议："你好克里斯蒂娜你应该试试杏核如果你不确定的话去查查资料我确定没有比它更管用的方法。"[1]另一个叫弗米利恩·J的人写道："请查查瑞克·辛普森和他的大麻油。很多人都说这种油在几个月内治好了他们的癌症。去看看那个视频《逃离所谓疗法》。" 查理·R.写道："我能提一个建议

1 引自网络留言，原文即无标点符号。——译注

吗？癌症只能在低pH值环境下存活。你应该喝碱性水，因为它的pH值高，也许会对你有很大帮助。”名叫“蓝色涉水人”的用户写道：“克里斯蒂娜，请在网站搜索栏里输入UC电视频道、维他命D、癌症。仔细看看那些视频，有些案例中死亡率降低了75%。另外，找别的医生要个第二诊断。并非所有医生都同样有见识，也并不是所有医生都会给出你真正需要的建议。如果你非常自律的话，也去了解一下生酮饮食。”一位名为“gmasters”的用户写道：“你真的应该查查资料，考虑试试完全禁食疗法或是尿液疗法，这两种方法都是有名的偏方，可以帮助孩子摆脱癌症。”

我从没见过什么地方用真正的粉红丝带象征乳腺癌——我没见过粉色绸带或罗纹带，所见的都是用别的什么材料在别的什么东西上做成粉红丝带的样子：停车场里用粉笔画的巨型粉红丝带，汽车经销商的玻璃上的粉红丝带贴纸，外科医生办公室里挂着的用武术腰带染色拼接成的丝带形状，银色圣诞树上的粉色丝带、金箔挂饰，印在上衣和袜子上的丝带，喷绘在警车和垃圾桶上的丝带，银链子上的珐琅丝带。

有说法称，社会活动家夏洛特·黑利在1990年创造了第一条象征乳腺癌的丝带——一条真正的丝带。黑利的祖母、姐妹和女儿都患有乳腺癌。据“乳腺癌行动”[1]称，“在每个装有五条丝带的小包里，她附上了一张明信片，上面写着：‘美国国家癌症研究所的年预算是18亿美金，其中只有5%用于癌症预防。请戴上这条丝带，帮助我们唤醒立法者和整个美国。’”黑利将这些卡片分发到一切她能送达的地方，她不要求任何捐款，只求口口相传，宣传她的运动。[2]

当《悦己》杂志和雅诗兰黛集团提议与黑利进行推广合作时，黑利拒绝为他们提供帮助，理由是对方太过商业化。

1 乳腺癌行动（Breast Cancer Action）是于1990年成立于旧金山的非营利性乳腺癌教育与社会活动机构。——译注

2 Caitlin C., “In Memoriam: Charlotte Haley, Creator of the First (Peach) Breast Cancer Ribbon”, *Breast Cancer Action*, June 24, 2014.

这个故事现在已广为人知。然而，雅诗兰黛集团并没有因黑利的拒绝而罢休。依照法律团队的意见，雅诗兰黛将丝带的颜色从桃粉色改成了经典粉色，并在1992年的秋天派发了超过100万条粉红丝带。到1993年，雅芳、雅诗兰黛和苏珊科曼乳腺癌基金会都开始贩售粉丝带产品。到1996年，乳腺癌成了企业慈善受助的“热点”。[1]

在Coopdizzle的视频网站主页上，有一个自动播放的介绍视频，内容是她的儿子在笑。Coopdizzle在这个视频的介绍栏里写道:“凯登在犯傻，我需要清理我的iPod存储空间了，lol[2]。”她还请求观众停止向她提议不同的疗法。她写道:“我的这段旅程将是我最后的旅程。”

Coopdizzle去世时不到四十岁。她和我一样于2014年被诊断为三阴性乳腺癌，我在生病的最初几周开始关注她的频道。我们的诊断结果类似，治疗方案也类似：先是新辅助化疗，然后是手术。我的治疗方案起效了，她的没有，没人

---

1 “History of the Pink Ribbon”, *Think Before You Pink.*

2 网络用语，“laugh out loud”的缩写，表示大声笑。——译注

知道结果何至于此又为何如此。Coopdizzle于2014年3月被确诊，2015年5月，她得知自己的癌症复发了。她死于2016年12月。死前的几个月中，她以转移性乳腺癌社会活动家的身份书写自己的经历，接受媒体采访，组织集体行动，进行政治游说，试图争取有尊严的死亡并试图反抗粉红丝带与从病人的持续痛苦中获利的乳腺癌“意识”文化。

Coopdizzle投身社会活动的影响在她去世后依然持续着，包括这篇在她个人主页置顶的公开布告：

> 首先，这一切都无关那丝带，而是围绕科曼一家——当苏珊本人因转移性乳腺癌去世时，她的妹妹曾说她会试图找到这病的解药。三十年后，我们的境况并不比当年好——事实上，事情变得比当初还更差了些。SGK（苏珊科曼乳腺癌基金会）仅把一小部分善款捐赠给了有关晚期乳腺癌的研究。他们将我们推到一边，装作我们不是真的存在。他们从你们的捐款中获利，住着别墅，开着豪车。

成立于1982年的苏珊科曼乳腺癌基金会是世界上最大的乳腺癌慈善机构。据财务报表显示，该基金会在2016年为乳腺癌社会意识与研究筹集近2.1亿美元，至今共已筹集近9.6亿美元。在举办著名的防治乳腺癌慈善竞跑活动的同时，科曼基金会也在其他乳腺癌社会活动家对其展开批评时组织了成功的公关活动。

关于粉红丝带的起源，科曼基金会有个不同的说法。科曼版“粉红丝带的故事”称，“苏珊科曼乳腺癌基金会自1982年起就开始使用粉色。第一个科曼基金会标志设计成一位以粉红丝带勾勒出的抽象女性跑步者图像，该标志从20世纪80年代使用至90年代早期”。据科曼称，《悦己》杂志和雅诗兰黛集团于1992年加入了他们的粉红丝带行动。这个故事中，夏洛特·黑利的桃粉色丝带并未被提及。[1]

科曼基金会曾和肯德基举行过“为了治愈的全家桶”（Buckets for the Cure）合作活动，售卖装在粉色大桶中的炸鸡。2011年，科曼基金会还在家庭购物频道宣传了一款

---

1 Susan G. Komen for the Cure, “The Pink Ribbon Story”.

名为“答应我”（Promise Me）的香水，社会活动组织“乳腺癌行动”指出，这款香水含有香豆素、氧苯酮、甲苯、佳乐麝香等可能致癌的成分。后来，科曼同意更改香水成分，但拒绝承认香水含有有害物质。[1]在2014年Coopdizzle和我确诊后的第一个十月乳腺癌粉色宣传月，科曼的CEO朱迪思·萨勒诺获得了42万美元的薪水。同样在2014年，贝克休斯公司[2]和科曼合作，生产了一千个乳腺癌粉色的水力压裂钻。正如“乳腺癌行动”的主席卡鲁纳·贾格尔所言，“当我们的后代不得不在安全的饮用水和患乳腺癌之间做选择时，他们可以回头感谢贝克休斯与苏珊科曼基金会的合作”[3]。

在Coopdizzle的个人主页上，Coopdizzle的伴侣这样描述她死去的过程：“我能感觉到她无比强烈的想要活下去的愿望。我多么希望我能让她活下去。要是我能做到该有多好。要是我能，该多好。”

---

1 “Komen to Reformulate Perfume After Unfavorable Allegations”.

2 美国一家油田服务公司。——译注

3 Caitlin C., “Susan G. Komen Partners with Global Fracking Corporation to Launch ‘Benzene and Formaldehyde for the Cure®’ ”, *Breast Cancer Action*, Dec. 2, 2014.

Coopdizzle曾写道："在癌症的腹地之中，是一个可怖的世界。"

1991年，来自加利福尼亚州的四十岁教师尼莱纳·福克斯被诊断患有乳腺癌。她请求保险公司为她支付一种看似很有希望的新型疗法的费用，治疗包括骨髓移植与高剂量化疗。保险公司拒绝了。尽管她后来筹集到了私人资金来支付治疗费用，她还是在确诊两年后去世了。她的兄弟起诉了保险公司，而后福克斯的家人获得了8900万美元的赔偿。[1]在那之后，另有86起相关案件，其中47起起诉成功。四个州的立法机构规定，这种治疗应由保险公司支付。患乳腺癌的女人们受到艾滋病社会活动的鼓舞，开始为接受这种新型

1 Erik Eckholm, "$89 Million Awarded Family Who Sued H. M. O", *The New York Times*, Dec. 30, 1993.

疗法的权利而积极游说。这种疗法对医院来讲利润空间巨大——医院收取的治疗费用约8万至10万美元，而投入成本则不足6万美元。医疗保险公司开始勉强默认将新型治疗纳入保险，最终，超过4.1万名乳腺癌患者接受了这种治疗。

科研人员、医生和病人们都乐观地提出，这种疗法也许是人们期待已久的乳腺癌解药，媒体对此也大肆报道。这种疗法的治疗过程漫长而痛苦，其中包括将病人在病房中单独隔离数日。副作用包括败血症、出血性膀胱炎、骨髓机能不全、肺功能衰竭、静脉闭塞症、心脏衰竭、心脏中毒损伤、急性髓系白血病、骨髓增生异常综合征、中毒性肾病、性心理障碍及接受治疗后一年中的伺机性感染。一些记录称，每五名接受该治疗的女性中就有一人死去。[1]

唯一有确凿数据支持这种乳腺癌疗法的研究是由南非医生维尔纳·贝兹瓦达完成的。当美国研究人员在六名女性身上复制贝兹瓦达的实验步骤时，有四人的心脏严重受损，其

1 Richard A. Rettig, *False Hope: Bone Marrow Transplantation for Breast Cancer*, Oxford, U.K.: Oxford University Press, 2007.

中两人的心脏损伤达到了致命的程度，另一人很快死于乳腺癌，第四个人活了下来，却终身残疾。后来贝兹瓦达承认，他在研究中做了假。[1]超过4万名女性忍受了这昂贵、使人衰竭、危及性命的治疗，而它不过是个基于更多谎言的谎言。转移性乳腺癌则依旧没有解药。

在我被确诊的2014年，美国约有3 327 552人患有乳腺癌。在我完成本书的2019年，约有271 270人会被初次诊断为乳腺癌，其中约42 260人会死于此病。在美国，乳腺癌的死亡率在1975年前逐年缓慢增长，在1975年至1989年期间保持稳定，而后开始下降；但在五十岁以下的病人中，死亡率于2007年后基本没有变化。

1 Denise Grady, “Breast Cancer Researcher Admits Falsifying Data”, *The New York Times*, Feb. 5, 2000.

谁会死于被统称为“乳腺癌”的疾病集合取决于患者的收入、教育程度、性别、家庭状况、就医条件、种族和年龄。黑人女性被确诊为乳腺癌的概率较低，死于乳腺癌的概率却较高。未婚女性同样有较高的概率死于乳腺癌，也更有可能得不到适当的治疗。居住在贫穷街区的乳腺癌患者在每一个诊断阶段都面临较低的存活率。居住在贫穷街区的未婚病人的存活率在所有人群中最低。还有些患乳腺癌的人，比如变性人、单亲父亲或母亲，在我写这本书时还没有被归为他们自己应该属于的流行病学类别。

统计数据确实存在，但数据并不总代表实情。事实上，要确认乳腺癌的广度或现有数字的准确性非常难。这不单单是因为有时乳腺癌的流行病学记录背后存在着利益和公共关系的驱使——比如乳腺癌慈善机构有时会利用这些数字，企图呈现医学进步的乐观故事——也因为监察技术越来越频繁地揭露，有许多本不是乳腺癌的生理现象曾被误认为是乳腺癌。我们没有办法知道，有多少人本只是表现出不会危及性命的良性症状，却被误导至相信自己患了乳腺癌。好消息是，过去几年里，研究人员和肿瘤科医生已开始着手严肃处理乳腺癌过度诊断、过度治疗的问题，以及这些问题给人们的生活带来的严重影响。

乳腺导管内原位癌（DCIS）被一些人称为“零期乳腺癌”，在2018年，大约有63 960人被确诊患有DCIS。许多DCIS患者表示，她们的医生说她们的乳房是“定时炸弹”。一些DCIS患者选择了乳房切除术或其他高侵入性的昂贵治疗。问题在于，患有DCIS的病人并不比健康人更有可能患上乳腺癌。人的身体由细胞组成，而非定时炸弹，但并没有数亿美金的产业致力于提醒我们这一事实。

2016年10月，《新英格兰医学杂志》发表的一篇报告证实了早先乳腺癌过度治疗的研究，《洛杉矶时报》因此宣布，绝大多数由乳腺X射线检查诊断患有乳腺癌的女性都接受了不必要的治疗。早期检测并没有如人所说的那样拯救生命，相反，它毁坏了生命，耗费了数十亿美元，并给病人的生活造成了严重的影响。正如加州大学洛杉矶分校的乳腺癌专家帕特里夏·甘兹医生所说，“若我们再这样下去，等于是在让许多人接受她们不需要、也负担不起的治疗”[1]。

成千上万人患有乳腺癌，除了其中那些并未真正患癌的人；还有很多人以为自己是乳腺癌幸存者，但现在研究表明她们不过是医学监察的受害者；缺少就医条件会伤害人，而拥有接受治疗的权利也会伤害人；监视会伤害人，缺少监视也会伤害人；科学家假装找到了解药，病人假装患了癌，医生也会作假。《琼斯母亲》杂志的头条文章这样质问这场危机：“若医生告诉你的有关乳腺癌的一切都是假的，你该如何是好？”[2]

小说家凯西·阿克的乳腺癌也许无法被化疗治愈，但是

1 “Majority of Women Diagnosed with Breast Cancer after Screening Mammograms Get Unnecessary Treatment, Study Finds”, *Los Angeles Times*, Oct. 12, 2016.

2 Christie Aschwanden *et al.*, “What If Everything Your Doctors Told You About Breast Cancer Was Wrong?”, *Mother Jones*, June 24, 2017.

她在1996年拒绝化疗时不可能知道这个事实——或者至少可以说，她没有合理的渠道能够知晓。然而她似乎是通过什么别的方式知道了。阿克在《疾病的礼物》中写道："我活着因为我相信，这种相信与身体相通。"[1]

她的一些朋友似乎认定放弃化疗是她的死因，尽管毫无证据。关于乳腺癌有许多经久不衰的谎言，其中之一就是阿克"想要"死，并且招致了自己的死亡。萨拉·舒尔曼在她的著作《头脑的士绅化》(*The Gentrification of the Mind*)中写道，阿克死于"有关她乳腺癌的错误治疗决定"[2]。艾拉·西尔弗伯格在《哈兹利特》杂志上发表的一份有关阿克死亡的记录中称，阿克"一定想要去死"，还称，"那是她的退场策略"。[3]

阿克拒绝化疗并不仅仅是像《金融时报》报道的那样，"因为她的替代疗法治疗师向她保证，她的癌症已经消失

1 Kathy Acker, "The Gift of Disease", *The Guardian*, 1997.

2 Sarah Schulman, *Gentrification of the Mind: Witness to a Lost Imagination*, Berkeley: University of California, 2013.

3 "The Last Days of Kathy Acker", *Hazlitt*, July 30, 2015.

了”[1]。她拒绝化疗有一系列复杂的原因，包括对化疗的恐惧，治疗的费用，以及她医生的主张——化疗只能将她复发的概率降低20%。如果阿克接受了1996年可用的化疗方案之一，她生命的最后几个月几乎一定是伴随着以下这些症状度过的：眼睛干痒，皮肤长疮，痔疮，口疮，鼻子出血，肌肉无力，神经坏死，牙齿溃烂，没有头发也没有免疫系统，脑损伤以至于无法写作，呕吐，失去记忆，失去词汇，极度疲惫。这些是最常见的副作用。但除此以外还有别的，包括血栓、心力衰竭和化疗导致的白血病——还有别的，比如患上致死的肺炎以及住院引发的感染。阿克几乎必然会忍受这其中的一些或是全部，同时还得忍受癌症本身带来的连续不断的症状。

基于她的癌症迅速地扩散到了肝部和肺部，也基于她的医生没有向她提供当时就已有的他莫昔芬这个选项，我们基本可以确定阿克患的是荷尔蒙受体阴性癌——要么是我们现

1 Lauren Elkin, “*After Kathy Acker* by Chris Kraus—Radical Empathy”, *Financial Times*, Aug. 11, 2017.

在叫作三阴性的乳腺癌，要么是当时预后更差的荷尔蒙受体阴性HER2阳性乳腺癌。凭借她的医生提供的存活数据和她自己描述的诊断结果，我将她的疾病数据输入到了我用来做自己的治疗决定的LifeMath预后数据库。像阿克所患的这种在十八个月内杀死了她的癌症，无论是否进行化疗，两年死亡率相差无几。根据数据库给出的结果，如果接受化疗，每一百名病人中会有五人在两年内死亡；如果没有化疗，会死亡的病人数量大致相同。有些研究指出，第一轮化疗可能会加快像她这样的高侵袭性癌症的发展，也就是说，任何治疗都有可能加快死亡。当年没有治疗对策，如今也没有。阿克做出了依照自己的价值标准而生活的原则性决定，她已经尽力了。

也许有一天，医学史学家会用复杂而好奇的眼光来看待化疗，就像我们如今正用同样的眼光看待像放血这样曾经常见的医疗手段一样——我们不光在试图治愈病人的过程中严重地毒害了她们，而且，就算是在化疗不会有用，反而会导致死亡、伤害、致残的病例中，乳腺癌病人仍有接受化疗的普遍愿望。当背后并非利益驱使时，这种过度医疗的推手似乎是迷信而非科学。对化疗的非理性渴望并不仅仅像在阿克的例子中那样，只出现在癌症病人的亲友中，有时它也会在癌症病人自己身上出现。有的病人因为恐惧、惯例、错误信息或是社会压力，在没有医学功效也没有科学研究支撑的情况下依旧选择接受化疗。全世界似乎对化疗注射室的邪恶仪式，以及由掉落的头发、消瘦的四肢和虚弱的女人组成的伤感剧本着了魔。化疗在我们文化上的符咒是如此深重，以至于有时未患癌的人会把病人拒绝化疗当作抛弃病人的理由。阿克说："我失去了许多朋友，他们不忍心接着看下去。"[1]

凯西·阿克不愿选择现有的医疗手段能为她提供的痛苦死亡，她选择的是如她所说，用确诊后剩下的人生来做的事：活着。这种拒绝是孤立无援的；对于乳腺癌这样性别化的疾病来说，社会对服从医嘱的执法是残酷的。阿克写道："许多朋友打电话给我，因为我不做化疗而向我大哭大喊。"[2]

---

1 Acker, "The Gift of Disease".
2 同上。

就算这样，就算全世界的一切都是为了要在一个女人真的去世前就杀死她而设计的，凯西·阿克依旧选择不服从。她等到她的结局终于无可辩驳时才死，而据她的朋友称，即便在最后时刻，她依然在努力辩驳。[1]乳腺癌杀死了凯西·阿克。凯西·阿克没有杀死凯西·阿克。

癌症会杀死人，治疗也会杀死人，缺少治疗同样会杀死人，这是既定的事实，与任何人的观点或感受都无关。就算所有的想法都正确，胸怀全部美德，身行一切好事，悉数跟随组织指挥，我也依旧可能死于乳腺癌；同时，我也可能把一切尽数想错做错，却依旧活着。

死于乳腺癌并非死者脆弱或者道德沦落的证据。乳腺

1 Chris Kraus, *After Kathy Acker: A Biography*, London: Penguin Books, 2018.

癌的道德沦落之处不在于死去的人，而在于令她们生病的世界，使她们为了寻找解药而破产的世界，当解药落空时拿她们的死来怪罪她们的世界。

正如死时三十四岁的Coopdizzle在她死后的视频页面角落标注的声明："请别说我输了。"

正如同样拒绝接受化疗的奥德丽·洛德在阿克确诊的十年前所写的那样：

> 我警告自己，要把"不"说得洪亮且频繁，不管它是不是充满象征意义，不要假装出同意的样子。因为呈现于我们生命之中的选择从不是简简单单、寓言般清晰的。幸存从来不是"照指示做这件事你就会活下去，不要做那件事，若是做了你一定会死"这么简单。不管医生怎么说，现实从来不是他们所描述的那样。[1]

1 Audre Lorde and Rudolph P. Byrd, *I Am Your Sister: Collected and Unpublished Writings of Audre Lorde*, Singapore: Oxford University Press, 2011.

# 4

如今我从死亡中走出，世界再次充满可能。我可以写一本完整的书；或是写一部返生的文学，其中的所有缺失的事物都会以自身形状的影子出现；或是写一部万物都以自己的后果为形出现的作品。若书中没有什么不被允许出现，就不会有什么被遗漏：物质世界不会，物质世界中半物质的关联也不会。我们常常不明白世间万物的源头，于是通常只能想象其中的关联。我们被因抛弃，被丢去猜测那果，在我们的猜测中，又被真相抛弃，剩下的只有谬误，形而上学于是获得允准，但我们并不曾真的想要拥有它。

卡尔·马克思写道："一切坚固的东西都烟消云散了。"这话不假，但同样真实的是，这烟消云散后的空气，在尔后相似的情况下被污染得让人无法呼吸。我们想象这空气可能会变作雨水降落在我们身上，同时它也在我们的身体里，会化作泪水、汗水、尿液从我们身上脱离。呼吸将抽象之物变得如此切实，这过程甚至能轻微改变我们的形状。接着它再次消散，成为不得而知的东西。作为从死亡中走出的一员，我将召唤出一种不朽的物质，而非不死的灵魂，那重触地面的大气层将是新的证据。

人们从前用来理解我们灵魂的思想技术如今被用来理解一元店售卖的史莱克玩偶。人类世界从未需要过如此庞大而广阔的工具。

# 朱丽叶塔·马西纳的泪宫

那生灵全神贯注地书写，与此同时，她不住地哭泣，流下圣洁的泪水。时常有一团火焰伴随于她胸前，热切而愉悦。

——《玛格丽·坎普之书》（1501年）

# 1

在患病前，我曾一度筹划搭建一种供人哭泣的公共场所，设想在各大城市设立类似庙宇殿堂那样的建筑，让任何有需要的人都可以聚集其中，彼此相伴，在设施齐全的环境里大哭一场。它如同《出埃及记》中上主的会幕[1]一样源于精确的想象，是一座为众人共有的悲伤而设立的建筑，以夜间盗汗筑成雨漏[2]，以漫长时分筑成吊顶，以我无法继续下去而我必须继续下去筑成承重梁。我会借用意大利女演员朱丽叶塔·马西纳的名字，将这建筑命名为“朱丽叶塔·马西纳的泪宫”。在费里尼执导的《卡比利亚之夜》中，马西纳扮演名为卡比利亚的性工作者，逐渐衰老的她被曾经的真爱乔治抢走财产并推下悬崖，险些丧命；在伤心欲绝、痛

---

1 上主的会幕（God’s Tabernacle），会幕（希伯来语Mishkan，意为“神的居所”，拉丁语Tabernaculum，意为“帐篷”）是《出埃及记》中希伯来人在离开古埃及之后、征服迦南地之前敬拜上主的中心场所。——译注

2 雨漏（Gargoyle），又称滴水嘴兽，是输水管道喷口终端的一种雕饰。——译注

哭不止时，她又被卷入了一场年轻人的狂欢。马西纳扮演的卡比利亚一边痛哭、一边微笑的画面将被投影在泪宫的墙壁上；宫殿里将循环播放朱迪·加兰[1]泣不成声地吟唱的那版从未正式采用的《飞跃彩虹》（*Over the Rainbow*）。在筹划泪宫的过程中，我想起那些痛恨所谓"爱哭鬼"的人，那些人想必也会痛恨这样一种公共场所，这里允许悲伤的陌生人聚集在一起，为所欲为地抱头痛哭。试图排除这个潜在威胁属于一个更大的、关乎形式的问题范畴：如何让一个空间既能收留个体的忧伤哀愁，又能容纳集体的宏大悲痛？又如何让它在坦然地将痛苦展现为一种人类共有情感的同时，也起到阻拦那些反对忧伤的过激派的作用？我想将那些向受苦者施加更多痛苦的放肆之人引到单独为他们设立的私人炼狱里，同时我要为受苦者提供精致舒适的设施，用富丽堂皇的大理石公共水槽盛接众人的泪水。然而对于这一切，我并未

1 朱迪·加兰（Judy Garland，1922—1969），美国女演员及歌唱家，18岁时凭借出演《绿野仙踪》并演唱电影插曲《飞跃彩虹》，成为家喻户晓的童星。加兰长年受酒精与药物困扰，四十七岁时因服药过量离世。——译注

付诸行动。当我患病后，一种化疗药物的副作用使我整日泪流不止，完全被动的泪水从我的眼里滴落，全然不顾那一刻的我感受如何、身在何处。我把那段日子称为笛卡尔式哭泣时期。那几个月里，我的大脑试图使我相信自己安然无恙，却被我体内的悲伤彻底忽视。无论我是否真的感到难过，我的眼睛每分每秒都在哭泣，而我自身就像一座纪念眼泪的公共建筑，这座建筑一边四处游走，一边为自己感到窘迫。既然我自己已经化身为泪宫，那么似乎就没有必要再另建一座了。我只是向来恨透了有人独自承受痛苦的感觉，任他是什么人。

# 2

我游走在博物馆的装饰艺术展厅里寻找灵感，仿佛疼痛是美的对立面。我试图将癌症大楼内的输液架变成布杂艺术[1]水晶吊灯，将化疗输液袋想象成形态万千的希腊古瓮，将化疗病人那无穷尽、无知觉的哭泣引导至装饰精美的泪瓶和有毒的灌溉系统中。

这是一部由零星的笔记和若干个引语组成的有关疼痛的文学作品：朝生暮死之人为了捕捉转瞬即逝的感官体验而撰写的半文学作品。我为这部作品想了许多备选的副标题，比如：残缺身体的生态诗意，论不可承受之痛苦的康德式批判，塑料疼痛[2]，缺席的情欲，痛苦的民主悖论，昔日感知之和，每尊圣母雕像皆为切除乳房的瘢痕，生理否定与不可缓

1 布杂艺术（Beaux-Arts）是流行于19世纪末和20世纪初法国的建筑艺术形式，参考了古罗马与古希腊建筑风格，强调建筑的宏伟、对称与秩序性，多用于大型纪念建筑。——译注

2 原文为拉丁语。——译注

解的社会性症结，病理逻辑之下的修辞学，肿瘤非现实主义，伤口缝合之宏大理论，春日里因肉体而可悲的谬论——

摘自《动物学》，又称《有机生物法则》（1794年）[1]：

我们在目睹悲惨境遇时感受到的疼痛即是怜悯。

摘自我的日记：

不肯败退的敌人。

摘自网络社交媒体：

你能想象一篇姿态犹如废墟的文章吗？

---

1 英国医学家、诗人、生理学家伊拉斯谟斯·达尔文所作的有关病理学、解剖学和心理学的专著。——译注

摘自阿尔丰斯·都德的《疼痛之地》(1888年):

疼痛，你需将成为我的全部。我将在每一处你不准许我踏入的异乡寻找你。请成为我的哲学，我的科学。

我曾试想在不涉及任何哲学的前提下书写疼痛，也曾试图描述在疼痛中接受到的教育以及这教育的政治性用途。但在文学中，疼痛总与文学相互排斥。在现有的政治叙述中，疼痛存在的意义往往只是为了驱使我们乞求它的终结。

是非题：

1. 在哲学中，疼痛是从飞鸟身上拔掉的羽毛。

2. 在文学中，疼痛是脱离了书的目录。

3. 在电影中，疼痛是一棵树，却从不是砍伐它的斧头。

相传一切有关疼痛的考量都隶属于现象学的范畴，但现象学往往止步于所有疼痛中极其微小的一部分，并宣称这一小部分疼痛就是全部的疼痛了。在那一小部分里，“我的身体”被转化为“身体”，情感上的疼痛主导生理上的疼痛，可这顺序明明颠倒了，明明是我们身体承受的疼痛以及它的存在决定着我们的每天、每小时、每分钟，决定着我们如何劳作，如何呼吸、睡觉或是去爱。接着，那本就抽象的疼痛渐渐飘离，进入更加空洞的抽象，好似一粒灰尘终于屈服于由尘埃组成的话术。

在历史的当下做一个身受剧痛的小人物，意味着在大多数人只想往你身体里窥探时，做一个对自己身体尚存感知的人。

疼痛五花八门。有像X光机那样旨在揭露的疼痛，它将体内难解的谜题一一照亮。有的疼痛后来成为隐喻，有的疼痛成为被人仔细研读的教规准则。还有胡乱编造的疼痛——

放浪形骸、夸大病情，更像是一种质感而不是一个画面。当然还有伴随治愈而来的壮烈疼痛。

如果这是一部哲学作品，我会论证称，正是疼痛的壮观景象妨碍了我们去真正理解它，疼痛所能被理解的范畴远不止我们肉眼所见的这些，我们之所以在历史的当下无法充分理解疼痛，是因为我们对它关注得过于笼统与饱和了。但我一不是哲学家，二并不真的懂。

我所体会的疼痛，它最赤裸的语法是这样的：

> 这日子怎么过下去呢日子终于从某种义意上来说过去了不过也不对正有一束光打在我脸上给我打气我吃了一片痛镇药会吃更多的补点生维素D假冒一些阳光昨夜世界正在烧燃而我在这样理直气壮的疼痛中睡去了[1]

---

1 此处原文即如此，记录了作者真实的疼痛体验，没有标点符号，充满语法错误，残酷而真切。——译注

是非题：

1. 疼痛使人丧失行动能力，也使词典丧失检索功能。

2. 疼痛是形容词的丑恶集合。

3. 任何形容疼痛的词都来自一种我们尚且无法理解的语言。

人们对于疼痛的普遍观念似乎是，它势必“摧毁语言”。[1]但疼痛并非摧毁而是改变语言。困难之事并非不可完成。当下的英文语言缺乏能够充分形容一切疼痛的词汇，但这并不意味着今后也将一直如此，只能说明那些创造了我们当下词汇的诗人和资本市场没有做足他们应做的功课——至少在受苦这件事上没有。

---

1 Elaine Scarry, *The Body in Pain: The Making and Unmaking of the World*, New York: Oxford University Press, 1985.

不妨试想，或许那些声称疼痛难以言喻的说法只是此刻的历史意识形态所致，或许疼痛之所以被公认如此无法言说，只是因为我们不被准许享有并使用一套用来表达真情实感的语言。

关于“疼痛无法言说”这类观点，汉娜·阿伦特在《人的境况》[1]中的阐述就是一个很好的例子。她将疼痛形容为所有经验中“最私人和最无法交流”的一种。随后她说，疼痛是“一种边缘体验，介于生死之间”，它的主观性如此强烈，以至于无法被呈现。现在不妨将这些关于“疼痛无法言说”的看似成立的哲理与你目睹一个受疼痛折磨的生灵时的亲身感受做比较。备受痛苦折磨的生灵所发出的哀号、哭泣、喊叫和呜咽是多么清晰易懂的表达。诸如“这儿疼！”“我好痛”“这里烧得慌”，或像是“哎哟！”“妈呀！”这样的语气词，都是普遍用来表达疼痛的词语。受苦的小猫小狗同样善于表达它们的疼痛。受疼痛折磨时的表情，就算不是人类

1 以下关于本书的引文参考了王寅丽译本，特此致谢。——译注

而是其他生灵的脸，也绝不会被误认为是满足的表情。皱起的眉、咬紧的牙、煎熬的神情还有眼角泛起的泪光，都是对疼痛的生动表达，以至于“痛苦的脸色”（a pained expression）如今成了一个惯用短语。

疼痛如此喧闹，有着如此丰富的表现力，以至于当我们看到另一个生灵受苦时心中会涌起一股冲动，这冲动时常促使我们愿意采取任何行动来结束那生灵所受的痛苦，这正是因为他者的痛苦给我们自己造成了一种因同情而生的、难以忍受的不适，它有时表现为厌烦，有时是焦虑，有时则是怜悯。这种想要立刻结束身边另一个生灵之痛苦的冲动是如此强烈，以至于它有时会驱使痛苦的目击者对受苦者施加更大的痛苦，比如大人会威胁小孩“再吵就让你哭得更惨”以让小孩安静。事实上，疼痛实在易于表达，甚至过于容易表达，以至于许多暴力都可以归结为对过度表达的疼痛而产生的反应。正是疼痛的清楚易懂为施虐狂提供了他们寻求的奖赏。倘若疼痛是沉寂隐蔽的，施加痛苦还有什么意思呢。的确，疼痛造成了过多的表象。疼痛是一种莹莹发光的感知。

在疼痛这近乎持续、跨越物种、普遍存在的表现力面前，“疼痛无法言说”实属谎言。因此，最终的问题关键并不在于疼痛是否有声音或容貌，而在于那些坚称疼痛没有音容的人，他们是否真的关心疼痛在表达什么，以及是谁的身体在发表疼痛的言说。让·雅克·卢梭相信“旁观的动物对受苦的动物所起的共鸣越深切，怜悯心就越强烈”是人性的一部分，因此他推断只有哲学家才会对他者的疼痛毫无反应。在《论人类不平等的起源与基础》中，卢梭写道：“哲学使人孤立，正是由于哲学，人才会在看到受苦的人时会暗自说：‘你要死就死吧，反正我是安然无恙的。’只有整个社会的危险，才能扰乱哲学家的清梦，把他们从床上拽起来。”[1]

在网络上，疼痛是论坛里一连串关于诠释学[2]与时间的帖子。

1 引文参考了黄小彦译本，略有改动，特此致谢。——译注
2 针对理论或哲学进行文本理解的学科。——译注

1935年，朱利安·泰普以他撰写的《为异常致歉》（*Apologie pour l'anormal*）作为宣言，发起了鼓励疼痛的伤痛主义运动[1]。泰普反对健康的暴政，认为疼痛是一种有利的教育，可以助人从世俗中解脱出来，得到看清真理的机会。泰普写道："我将极度疼痛，尤其是来源于肉体的疼痛，视为发展纯粹理想主义的完美契机。"[2]

有时，将疼痛歌颂为英雄是疼痛的唯一策略，但即便如此，疼痛的教育依然不应该局限于它的自我表彰。

---

1 Dolorism，"伤痛主义"或"疼痛有益主义"，西方历史上存在的一种拥抱疼痛的观念流派，认为疼痛不应被敌视或抵触，因其可使人更加接近真理和生灵的眷顾。本段提到的法国作家和记者朱利安·泰普是该流派的代表人物，《为异常致歉》被认为是伤痛主义运动的宣言。——译注

2 Roselyne Rey, *The History of Pain*, Cambridge, Mass.: Harvard University Press, 1998.

我一度幻想能有一种类似于身体观光或是肉体交换的系统，可以让人暂时栖息于他人的身体中，体验他人的痛楚。系统将提供从1到10不同等级的疼痛供你感受：

1. 手指甲和脚趾甲从甲床上剥落时细微焦灼的隐痛；
2. 骨骼被人工激活的血细胞填充膨胀时厚实绵密的胀痛；
3. 发炎充血的身体与床垫接触时柔软蓬松的酸痛；
4. 衣服垂落在病态且充满感知的肉体上时沉重疲惫的阵痛；
5. 针头刺入胳膊、胸腔、大腿脂肪、手掌外侧和手腕内侧时，以及输液时，由内向外、惊人的锐痛；
6. 强效药物在体内扩散时钻心的剧痛；
7. 植入皮下的设备与肌体彼此排斥时冗长异样的顽痛；

8. 神经末端濒死时末日电击般的刺痛；

9. 口舌生疮时外露的创痛；韧带、牙床、肌腱、关节和肌肉因药物毒性而浮肿时，不厌其烦、不带感情地折磨人的绞痛；药物引发细胞自我灭亡时腐蚀的灼痛；毛囊枯竭时不断扩散的痒痛；等等，等等；

10. 一种任何类别都无法涵盖的恐怖，一种无法轻易表述的崭新危机——

邀请你进入我这饱受疼痛折磨的身体也许更像是邀请你参加一场关于维度移位的研讨会。在疼痛中，空间维度变成了时间维度，也就是说：疼痛本是基于某个身体部位的感受，而它却以那个身体部位对自我终结的渴望为形式而存在。

我们很容易陷入一种思维模式，认为世界是一场骗局，目的是约束感官和有感而发的情思与觉知，或是一口沸腾的大锅，弥天大谎则是勉强将其压住的锅盖。我们同样轻易地相信，只要学会换个方式感知，换个角度思辨，就能找到答案；揭开锅盖，滚烫的真理之水就能从意识形态的容器中倾泻而出：哦，这样啊，我想，就好像我们真能在自我批判中寻得解脱似的。

而我从未亲手碰触过苍穹，我相信的是脚下的泥土：鲜血会冲入苍天，星辰则不会坠落；我还相信大脑边缘物质主义，泪腺女性主义，暴力即对感知的负面教育，芸芸众生，地球对其物质材料环境资源的排列，去识别并占有我们应得的东西，嬗变与渗流，反启蒙的启蒙主义者，匮乏的历史，误读的内容，每件几乎无法感知却存在的事物，扫帚上的黑裙，可侵犯性，还有文学对知识论[1]最大可能的准许……

我们无法依靠思辨寻得解脱，但这不该成为我们不接受教育的理由。

1 探讨人类知识的本质、结构、起源和范围的一个哲学分支。——译注我想写一则临床医学寓言，并把它打造得像矗立在政府门口草坪上的纪念碑那样，让它传递关于身体的教训。

在这则寓言里，首先是每个人都知道很疼，但每个掌权者都说不疼的第一针。随后是每个人都知道理应不疼，但经历过坎坷的人仍会感到疼的第二针。

## 第一针：

医生通常会给接受化疗的人开一些麻醉膏，用来涂抹在化疗输液港周围的皮肤上。涂麻醉膏是为了让粗大的针头插入胸腔时不那么疼——也许它确实减轻了扎针的痛感，但即便有它，扎针的过程依旧很疼。“好疼啊”，我对护士说，但她们总是口口声声地告诉我，不应该疼。她们宁愿相信药膏。“可是真的很疼，”我便接着说，“你可是在用一根大针头扎我的胸口啊。”我的身体对这疼痛产生了肉眼可见的反应，她们却声称这针是无痛的（或者声称我感到的只是一种“压迫感”）。我所处的化疗输液室有着开放式格局：所有生病的人和照顾他们的人都能盯着彼此，眼睁睁看着病人的状态逐渐恶化——在癌症治疗的变态逻辑中，这反而意味着病情正在好转。旁边一位女患者对我说“你说的没错”，另一位被成年子女环绕的男患者说“它确实很疼”，于是我们所有人就这样聚集在输液室里，齐声控诉那看上去会疼的东西*确实很疼*，这样就不会再有人在弄疼我们——弄疼我们所有人时——胆敢声称那些东西是不疼的了。

**第二针：**

我努力相信科学，但还是感觉得到疼痛。我闭上双眼，让护士在扎针的时候不要告诉我，但每当针头刺入我胸口时，我仍会疼得颤抖哀叫。使用组织扩张器重建乳房的手术过程被公认是极其痛苦的，痛苦到你需要签署知情同意书，接受日后对鸦片类止痛药物产生依赖的可能性。但事实上，每次扩张手术进行期间这种广为人知的痛苦漫长而单调，它远不及术后一两天肌肉和皮肤被拉扯时的痛感。而我当下在经受的这种特定的痛感是针头刺入坚硬的塑料扩张器的皮下金属接口时产生的。要知道，扩张器是在我的乳房被切除之后才植入我那剖开的胸大肌之下的，胸腔内的神经早已在切除乳房时被移除了，靠近皮肤的那些神经也应该已经坏死了——医生告诉我，在99%的病人中，这些神经都会坏死。所以我经受的这种迫切的痛感按理说是不可能发生的。医生和其他工作人员试过让我闭上眼睛来盲测我，也试过假装扎针来哄骗我，而我的疼痛反应真实可靠，因此他们相信了我。可是没人能解释为什么。他们从未见过如此不合理、不科学的疼痛。医学生赶来观看我的扩张器被注满的过程，只为亲眼目睹这不合理的疼痛（属于我的不合理的疼痛）。我猜想，每周手术时我的胸部感受到的这种疼痛可能是个狡黠的幽灵吧，明明是梦幻泡影般的感知，却拥有如此全面彻底的记忆，以至于它可以在时间与空间的维度里，对未曾感受到的伤害做出如此精确的反应。

每一场截肢手术都带来同样幽魂般的“从今往后”，对那从此不再的部位虚幻地默念“我怀念”。我失去的身体部

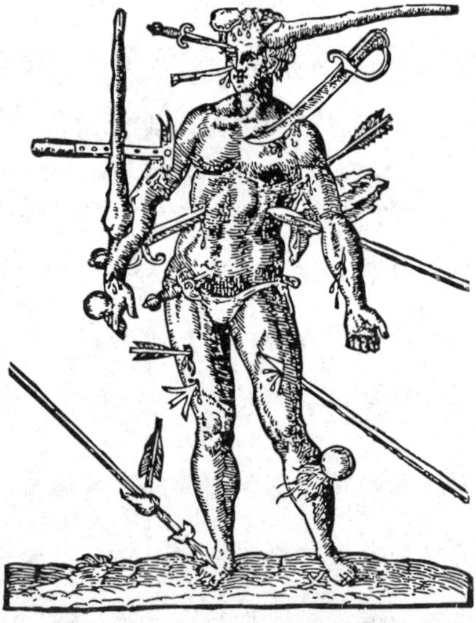

《创伤人》(*The Wound Man*)是一幅用以展现常见受伤方式的医学绘图，最早于1491年出现在医学文本中。本书收录的《创伤人》版本选自汉斯·冯·格斯多夫的《战场外伤治疗手册》(*Feldbuch der Wundartzney*, 1519)。尽管创伤人身受多处损伤，却总是被刻画得笔直挺立，富有生气

位是我与有形的世界得以惺惺相惜的无形之地。无论是暴力行径本身，还是象征暴力的符号，或是他人畏缩皱眉的反应与脸上受伤的神情，都在我那不复存在的部位触发着镜像的感知。在不复存在之地，我感受到了其他所有人的感受。丢人现眼的洋相也好，电影里的激战场面也好，面露不悦的学生，在网上抱怨的用户，筋疲力尽的工人，甚至是走路磕到脚趾的姑娘，当然还有关于极端组织的新闻，关于无人机的新闻，关于警察的新闻，这些我全部感受得到。

我是这样做一个会思考的人的：虽然我的右臂疼，我不知道为什么，但是我知道胸口的疼痛源由何处。在我生病期间，疼痛有它的道理，疼痛是我的身体讲道理的体现。毕竟我被剖开、毒害、收割、截断、植入、刺穿、削弱并严重感染过，甚至常常同时经受这些折磨。正由于我的疼痛讲道理，我才明白应该将“我疼痛中的生活”与“受虐者的疼痛生活”区分开来。虐待也有它的道理，不然也不会有将“国家”称为“the body politic”[1]这样的隐喻，这隐喻对象将榨取信息作为治病的手段，恶劣至极。施虐者总是声称他们施行的虐待是有道理的，是为了安全、自由、上帝、正义或是其他可疑的说辞，但我无法想象，仅因施虐者在施加痛苦时有一套说辞就能减轻受虐者所受的巨大伤害。癌症患者可以一味地向她自己解释为何自己经历的一切都是必须发生的，但这并不能解决她在被剖开、毒害、收割、截断、植入、刺穿、削弱、感染或是同时经受这些折磨时的感受。虐待之所以有效，一部分归结于它可能永无止境的假象——愈发扭曲的时间维度以疼痛为手段达成虐待的目的；但时间往往对癌症治疗无计可施，任由疼痛在这愈发扭曲的、名为“死去”的时间维度里遨游。诚然，有时候癌症治疗会有好的结局，我的治疗便是如此，因此有时它只是让人觉得没完没了，并

1 字面意思为“身体政治”。——译注

非真的没有尽头；但癌症治疗也有它顽固慢性的一面，对于大多数人来说，它真的可以永无止境，至少可以一直持续到人们死去的那一刻。

每当我被要求给疼痛打分评级时，我就会和朋友约定，要把写满了形容疼痛的另类词汇的小册了偷偷投放到等候室里。这些赋予疼痛全新语言的指南手册主要是由艾米莉·狄金森的诗歌构成的。从1至10分，您的疼痛情况如何？

☒ 341 剧痛之后，感觉恢复正常

☒ 477 谁也无法环绕绝望

☒ 584 它不再伤害我

☒ 599 有一种痛苦太绝对

☒ 650 痛苦具有一种空白的性质

☒ 761 从空白到空白

☐ 1049 痛苦只有一个相识，那就是死亡

在这场梦中，我在一位心理医生的房间里，医生专门接诊体内携带了尸体的病人，但治疗对象并非体内携带尸体的那个人，而是尸体本身。我体内的尸体经历了很多：她的胸腔曾被放疗扫射，她的一些部位曾被卡车装运，她到过一些不正规的脏乱角落，还曾像玩具一样被人摆弄。我体内只含有几平方英寸的她，但我身体的疼痛与肿胀清楚地向我表明，我在排斥她。LifeCell[1]公司将旗下用于覆盖乳

1 LifeCell是一家专注于研发组织重建手术相关产品的美国公司，企业愿景是实现"无并发症的手术"。——译注

房假体的无菌尸体皮肤产品[1]命名为“Alloderm”[2],但这种看似干净利索的命名方式并不能安抚我因为体内植入的这一小部分死人而在2015年4月的梦境中反复遇见那具尸体的恐惧。

我有时自称是一个“病人”，并且把其他没有生病的人统称为“未来的病人”。我有时还会觉得世界把人们分成了两类：正在生病的人与自认没有生病的人。但是将所有人逐一分门别类并没有想象得那么简单。比如我，定然在自己意识到之前就已经病了。倘若疾病是一种空间，疼痛是一种时间，那么两者都无法成为一种身份。

---

1 我所提到的尸体皮肤取自器官捐赠者和身体组织捐赠者。许多捐赠者并不知道，自己的身体组织会立即被割取，随后将由一系列被商业利益驱使的企业层层经手。LifeCell公司对患者承诺，用于双侧乳房重建术的两片尸体皮肤会来自同一位捐赠者，所以尽管我体内有两片尸体皮肤，它们其实来自同一个人。然而，Alloderm不仅被用来帮助癌症患者和其他病人，也可以被用于与疾病无关的择期整容手术。尽管由利益驱使的人体组织交易市场仍不被大众所知，但是路透社在2017年发布的名为《身体贸易》的一系列调查报告表明，在美国，出售人体尸体通常并不违法。据行业估计，贩卖捐赠者尸体每年会带来数百万美元利润，而这些钱没有一分一毫会被分到捐赠者的亲友手里。

2 Alloderm无正式中文名，推测“allo”取自“allotransplantation”一词，意为同种异体移植，如人与人之间的移植，“derm”则是词根，表示“与皮肤有关”。——译注化疗是以死亡抵抗死亡的现代主义。外科手术是启蒙主义。重建手术则是一段被历史省略遗忘的时期，它用医学抵抗不复存在的东西——不是去种植庄稼，而是在刚刚形成的盐碱地里制造出庄稼的假象。残障是历史的反义词，一片战场变成一家7–11便利店，店外的墙上有人用涂鸦写下：没有胜利的疼痛。

这幅插画表现了疼痛的路径，选自哲学家笛卡尔的《论人》（1664年）

哲学家伊曼纽尔·列维纳斯写道，关于苦难，人们起码可以说它是“无意义的”。而人们也会用“无意义”来形容诗歌。

如果苦难是一首诗，我希望我的诗骇人听闻、理直气壮、神秘阴暗。

当我让我的学生尝试画出“疼痛”时，他们大多会画些不成形的涂鸦，或是效仿阿司匹林广告的示意图，不然就是标点符号。

用一个感叹号来形容疼痛或许有它的用处，但疼痛还有许多其他可供描述的层面：它的持续时长、量级、位置、关系、变动、中断、历史、温度、触感、记忆、规律、紧迫、怜悯、形态、意图、参照、起因、经济条件、遗漏、维度、分类和结果。

遗忘是疼痛的副手，也是哲学的母亲。哲学经常遗忘的是：我们当中，很少有人在大部分时间里只以单一的形式存在。这种非单一性可能会带来疼痛，正如任何单一性也可能带来疼痛。

我们在彼此的洞穴里进进出出，在彼此身上制造新的洞口。我们将彼此剖开，留下废弃的DNA，将进化法则的碎片遗留在我们的情人、母亲和孩子体内。在我们很多人的身体里，都曾有别人生活过或是死去。我们进进出出时会疼，被他人进入又离开时也疼，我们出生的时候降临在另一个有感知的生灵手中，降临在由更多有感知的生灵搭建的环境中，降临在余下的世界中，而这生灵、环境、世界中的万物皆可感到疼痛，这使得我们更加痛苦。

文学的存在至少具有一个反向目的，那就是提醒我们要对自身的非单一性保持关注。正因如此，我才要记录疼痛那不严谨的民主，还有我们那充满可怕感知的共同前景。

在我接受疼痛教育之前，疼痛始终是小范围的，是一种来自简单生活的简单疼痛，一种不起眼的局部疼痛，那时的疼痛轻微得不值一提，以至于让人相信器官、肢体和身份都是真实存在的。

而今这场全新的灾难意味着我会在某一时刻同时感知到身体里的每一个细胞以及这些细胞里的每一个线粒体，还会在新发现的身体部位中产生铺天盖地、糟糕透顶的感知。这些感知合谋后得出了共同的结论：这被称为“手臂”的东西不过是一个用来遮掩真相的谎言，它实则是一座城池、一次战争或一场雪崩；这被称为“腋下”的东西实则是对一切灾难的知情不报或是一片正在枯竭的珊瑚群；而这被称为“身体”的东西并不在它的血肉完结之处止步；这一切违背了欧洲文明和启蒙运动；这被称为“隐喻”的修辞手法太过狭隘，根本不足以描述人在某一瞬间可以同时敏锐察觉的剧痛及它的种类与数量之庞大。

我一度想学习测绘地图，好将这一切捕捉下来。我可以出版一部体内炼狱地理图册集，它会收录身体内部各式各样的疼痛，还有体内的城邦、战争、农业革新以及表层活跃的火山。

然而，疼痛不该以地域或是领地的形式呈现，就像它也不该以玄学的形式呈现一样。在疼痛里，总有更多事物可供探索，却从未有任何事物可供征服。一根神经之中不存在什么王国。

我在疼痛中接受的教育使感知变得有血有肉，有人误以为这个过程是魔法——在不复存在的空间里感知他人的苦难。“我们终将孤独地承受疼痛”是谎言，“语言辜负了疼痛”我想也是谎言。真正辜负了疼痛的是历史，正如它也辜负了语言，但历史的真相也是语言的真相，这真相告诉我们：一切总会改变，而且这改变很快便会来临。每一个有感知的身体都提醒我们，明日将不再是今日。或许，承受苦难并非毫无意义，或许它比毫无意义更没有意义：疼痛的教育是关于世间万物的教育，也是对与毫无意义有关的一切的警示。

# 徒劳于世

我想以我曾经书写爱的笔触来书写疲惫。像爱一样，疲惫既依赖语言，又让语言显得捉襟见肘；像爱一样，无论你多少次宣称自己即将为之献身，疲惫并不会真的杀死你。

疲惫不同于死亡，它没有情节，没有读者。疲惫平淡无奇，不需要什么过人的天赋，在实践中它民主而平等，没什么仰慕者。从这个层面上看，它有些类似实验文学。

我本不疲惫，而从有一天起我变得疲惫不堪。我生了病，治疗遗留的副作用耗尽了我的精力。我被推向枯竭的尽头，随即又被拖到比尽头更远之处。康复后，我被丢弃在那个叫作“可能再也不会好了”的地方，一步步沉向疲惫的腹地。当你再也不能自我修复时，一切又将怎样？被耗尽不同于死亡——它意味着除了被消耗，能顾得上的事所剩无几。

疲惫是历史在一个又一个身体中实现的高潮。倘若疲惫正在变得流行，那恐怕是因为，这种昔日专属无产阶级的感受如今正在无产化的普罗大众之间传播开来。

疲惫不堪之人总在努力，即便她们不愿如此，即便她们疲惫得已无法将努力称为努力，甚至无法在脑海中这般去想。疲惫不堪之人的努力像是燃料，供那最初摧毁过她们的庞大机器一遍遍反复将她们碾压。生活并非一定要幸福才让人觉得漫长。

人们凭借努力，携身体游历种种艰难尝试，以寻找那些尝试的尽头。你实在做不到，但不得不做到。而后你便会做到。先来一次深呼吸，接着取得一个成就，然后进行一系列尝试，得到一次失败或是一场小憩或是一个错误的决定，所有这一切都是对于尝试的一种尝试，如同吃下一份高蛋白的午后零食，接着用自己的存在演绎出存在的尽头。

疲惫不堪之人往往颇具可塑性且善于适应。因为已被折磨得精疲力竭，她们更容易弯腰屈服，甚至会比现实所需屈服得更多。她们的生活流动而易变，如同一潭水，有缚着石块的尸体坠入其中，或是有船只沉没，抑或是有海豚游出水面。

疲惫不堪之人有一种渴望：能够不再疲惫。她们守着这么一个渴望，渴求自己不再疲惫，好能重获许许多多别的渴望。她们渴求自己不再疲惫，好能渴望一些别的什么，能渴望她们真正渴望的，也就是可以不再疲惫，好让身体重获爱、艺术和愉悦的可能，不带悔恨地思考的可能，有所成就的可能，或是任它什么——只要能超越那苦苦尝试也没能达到的勉强及格便好。

当过度疲惫使得我们无法渴望其他时，剩下的这份对于不再疲惫的渴望其实已不能算是我们真实的渴望。疲惫不堪之人以为这渴望来自内心，但其实它来自外界，来自早于她们而存在的世事，来自异于她们自身之物的指使安排。

而精力及其匮乏并不抽象；被折磨得精疲力竭以至于无法再去渴望除了不再疲惫之外的任何事，也并不抽象；就算有再多条命也永远没有足够的精力去做一个人哪怕一生本可以做的事，更是相当实际，毫不抽象。疲惫不堪之人之所以疲惫不堪，是因为她们靠出卖自己生命中的时间换得此生幸存，接着她们用尚未出卖的那些时间去为出卖余下的生命做好准备，而后再用剩下的时间为她们所爱之人的生命做同样的准备。

有人告诉她，在这无拘无束的个人自由经济开发区里，“有志者事竟成”。灵魂在不知疲倦之乡的开放国界自由交易。眼前那一连串选择看似如地平线般宽广无际、不受限制，它们所受的唯一限制也是所有选择都注定受到的牵制——一切选择都终将取决于一个人为了探索选择的尽头而耗尽自我的功力。

命运之船搁浅了，他们送来“能动性”以作替代。自由去爱，去劳作，去获取，自由签署多个契约和更多的分包契约，走进由它们管辖的领地。在那里，人得以存在的条件因素经过了多番商议周旋。它们消耗她的能耐有多大，决定了她的地位有多高。

在这个版本的“自由”中，围墙之无形正是每一堵无形围墙存在的意义。看似无限制的限制蒙蔽了“限制”，也蒙蔽了“无限制”本身。在那里，地平线不断下沉，无穷尽的道路似乎总也走不到头。最后，在你终于走得筋疲力尽时，发现眼前伫立着一堵真正的围墙。

自由便止于那里，止于你自身系统的失败。曾经精力充沛的生命如今成了一只逐渐蒸发消逝的动物，一切自由的能量都在追寻自由尽头的途中自由地耗尽。

疲惫不堪之人每天都会从床上爬起来——起码她们中的大多数人都会这样。她们每日坚持起床说明一个人的感受和她的行为之间存在着切实的距离。

即便没有意愿指使，人往往也会在该起床时从床上爬起来。倘若疲惫不堪之人起不来，那绝非因为她们不想。无论她们多么得*无法做到*，只要活着，便仍会去做。她们像所有坚持如此直至无法继续的人一样继续这么做，只不过她们的“继续”总比那些尚未疲惫不堪之人更痛苦一些。活着并且为了活着吃饭喝水，想办法凭借工作或是爱情来负担食物、账单和税金，上厕所，穿衣，照顾爱人，这一切都需要她们时不时起床。疲惫不堪之人也许能勉强做到她们*应做*之事，但因为已被耗尽，她们几乎从来做不到她们*想做*之事。疲惫不堪之人不会死去，即便真的死去，也同其他人一样死于万物，一了百了。一个疲惫不堪的身体所提供的信息几乎总是错误的。但这错误的信息同时也是正确的信息：一切不该再这样继续下去，而一切却照旧继续，映照出活着和死去之间那道模糊的界限。

*活着*变成了*为了存在而努力*。在这由太多个*为了存在而努力*的案例组成的漫漫长夜里，每小时都溃退得力不从心，不足以丈量这小时的长度。能试的法子全都试了——正因如此才疲惫不堪。试图记录这一切的人写道，“我已疲惫不

堪”，而后她们疲惫得连放下笔的力气都没有。

“人必将在自我实现的过程中耗尽自己”是资本主义创业生存逻辑的瑜伽修行式序曲。这是我可以的新纪元，我能行的新时代，这里满是因肉体而可悲的谬论，那是身体与大地在彼此的终结中共同感受到的令人担忧的纹理。

如下是一套关于自我剥削的瑜伽体式：

> 首先，深呼吸。接着，流汗。接下来，在流汗中保持呼吸。然后，维持某一姿态，完成目标。接着，在发送邮件的同时流汗。然后，保持呼吸，维持姿态，同时发送邮件。接着在工作时保持呼吸。接着是失败，睡眠，呼吸。然后是在拒绝睡眠的同时呼吸，或是在试图拒绝呼吸的同时流汗、失败、维持某一姿态。

当疲惫不堪成为人存在的方式时，它会将一切行动汇集，直至触到存在尽头的边缘。像一切侥幸之事一样，作为一种存在方式它只有一种结局：一种一切都终将止于疲惫不堪的可能。

就这样，疲惫不堪之人发现自己的精力又一次被浪费。睡眠本应是疲惫的解药，却也总让她们失望。睡眠充满了梦的劳作，往往招致更多睡眠，进而招致更多疲惫，疲惫又招致更多疲惫，对这些愈积愈多的疲惫，仅有睡眠做解药几乎从来都不够。

倘若圣徒是众人中最擅长受苦的人，那么疲惫不堪之人就是徒劳于世的圣徒。她们所擅长受的是身体与时间在那势不可挡又迷乱不清的慢性折磨中相互冲突所致的苦——每一小时都被放大，超出生理节律的边界，在以刻钟计算的日程安排中被翻为四倍，被番茄钟工作法[1]划界，被非法入侵，

1 一种时间管理法，该方法使用定时器分割出25分钟的工作时间和5分钟的休息时间，这些时间段被称为pomodoros（意大利语，意为“番茄”）。——译注

被错失恐惧症[1]要挟，被化为生产力。疲惫不堪之人是以肉身为形的证据，证实了一分一秒是如何被曲解作一个个金融帝国，也证实了一个个身体是如何被曲解作一件件乐器，同时奏响一千篇服从指挥的乐章。

我们无法丈量精神，因为它并不真实存在，至少不以物质形式存在，但当我们清楚地意识到自己的虚弱时，它又变得真实起来。然而，无论一个疲惫不堪之人觉得自己多么面目模糊，多么不似活着，她的身体看上去依旧像是个身体，不显眼却仍有生气，仿佛总可以再多努把力，也可以进一步提高和补救，可以有所追求，有所创作。

我们从来不是自己精神的容器。没有人的身体上标记

1 原文为FOMO，“fear of missing out”的缩写，指忙于眼前事时，担心会错失更有趣或更好的人和事的心理。——译注

着刻度。没有人知道我们曾经多么无拘无束，或者可以多么无拘无束。仅凭注视，没人知道存在曾经是何等感受，如今是何等不同，从前的我们是多么完整，如今又如何被消耗殆尽。空了的杯子告诉我们水不见了。若要显得消耗殆尽，身体必须得看上去像是某种特定生命的包装，先报出其内部资源原先的大致量度，再提供资源全被用尽的证据。

疲惫不堪之人已被“用完耗尽了”，但看上去从来并非如此，如同这工具化的世界中的一切其他人、事、物一样，她们只会被视为可能被消耗过。耗尽之物大多是能被容纳的物质或物体，并且，它们被耗尽的形态往往是通过它们与容器的对比显现出来的。或许，一个能被耗尽的物件只有在完全消失的时候才算是真的不存在了，这也许是因为能被耗尽的物件在使用时往往有显而易见的变化，比如食物、肥皂或汽油。反之，湿垃圾桶的内部永远是黑暗的。

疲惫不堪之人之所以看上去疲惫不堪，是因为她们看上去没在努力，哪怕使得她们疲惫不堪的正是她们付出的千辛万苦的努力。只有对比才显得出变化，我们只在想起她们曾经充满活力的样子时才会对她们说“你看上去累坏了”。这话的意思是，你曾经看上去还好，但如今你看上去消瘦憔悴，你有了眼袋，你的脸浮肿得五官都变了形，你走路拖泥带水没有精神，你好像用尽了力气才将头顶在肩上，你的头脑不太清醒，你时常莫名大发雷霆，你太容易掉眼泪，你说的话都词不达意，你哭着说“我累了”，说“我已经精疲力竭”，你哭泣，是因为自己实在太过疲惫。

一个疲惫不堪之人若想看上去不那么疲惫，会为之努力，因为努力正是她所擅长之事。她会在眼下涂遮瑕膏，刷上腮红，用尽各种杂志和网络上的文章说能让她看上去不那么疲惫的手段：夹翘睫毛让眼睛看上去不那么消沉，喝咖啡，服用阿得拉[1]，锻炼身体。接着她意识到那天是周二了，接着便是周五了，接着是月末了，再接下来便是月初了；接着时间顾不得她，向前涌去了，挟卷着她的待办事项清单，将她甩在身后。

1 阿得拉（Adderall），一种主要用于治疗注意力缺陷多动障碍（ADHD）和嗜睡病的处方药，主要成分为中枢神经刺激剂。——译注

临终窥伺

一切都是骗人的。我是说，身处人世间并非身处真相之中，而是身处历史之中。

我的《传道书》[1]将这样开篇：凡事都是启发试探！我们为了对付世间种种工具，向其逐个施加更多工具。除却介于我们之间的和我们需要了解的事物，没有什么是可以确定的：虚构臆造，外在样貌，图像滤镜，混沌形态。我们靠在脑海中勾勒形状去理解世界，但即便如此，也不曾理解透彻。

公元170年2月14日那天，阿里斯提得斯梦到自己身处故乡士麦那，随即写道“要对一切简单明了的事物保持警惕”[2]。我则在日记中写下“如果我表达的内容不实，我宁愿自己永远写不出漂亮的文字”。

有一种病人所承受的苦难是令人向往的。在中世纪的欧洲，虔诚的基督徒会去亲吻麻风病人，他们把鼻子探进麻风

1《传道书》(*Ecclesiastes*)，旧约圣经诗歌智慧书的第四卷，以“虚空的虚空，凡事都是虚空”开头。——译注

2 Aelius Aristides, *Sacred Tales*.

病人的伤口里，或是请麻风病人在自己的床上睡一觉，好留下被他们称为“香气”的痕迹。[1]

有一种景况是，人坐得安静笔直，几乎一动不动，而世界持续运转，于是人和世界落入不同步的节奏，于是一天杂糅进下一天，接着月复一月，年复一年，终于有一天，世界运转的节奏失控，让人再也追赶不上。

有一种景况是，人感觉自己化身为一座城市，一座仅因遗落的废墟而有趣的城市。

在改编自《无休止的凯瑟琳·莫滕赫》的1980年电影《临终窥伺》（*Deathwatch*）中，哈维·凯特尔饰演一位在眼

1 Cathérine Peyroux, “The Leper’s Kiss”, in *Monks & Nuns, Saints & Outcasts: Religion in Medieval Society: Essays in Honor of Lester K. Little*, edited by Sharon Farmer and Barbara H. Rosenwein, Ithaca, N.Y.: Cornell University Press, 2000.

球里植入了摄影镜头的记者，他的任务是去接触由罗密·施奈德饰演的、正在死去的女主角。和原著一样，电影背景设定于一个很少有人因疾病而死去的世界，这世界中的生命早已失去了在悲剧的衬托下才能显现出的那种美感。凯特尔扮演的记者罗迪供职于一档和影片同名的电视节目，节目宗旨是通过提供沉浸式体验，让观众感受早逝带来的甜蜜。

电影的宣传语称："每一只眼睛都紧盯着她……包括只有科学才能造出的眼睛。"

同原著一样，凯瑟琳·莫滕赫是一位每天负责将故事情节输入电脑程序，使其自动生成小说的作家。与原著不同的是，电影中的她并非死于信息过载，而是渴求信息过载。《临终窥伺》节目组在寻觅理想的悲情主角时，看中了表情丰富、冷静坚忍的凯瑟琳。她还不老，称得上年轻漂亮；也不过分年轻，足够成熟明智；她普通到足以引人怜悯，也出众到能够满足荧屏观赏的需要。制作组早于凯瑟琳得知了她即将死去的消息，他们提前开始偷拍，捕捉到了她听闻自己患上致命疾病的时刻。他们在和她谈拢节目合作之前，就擅自将她的面孔印在了广告牌上。

然而，这位谜一样的女主角极度反感在广告牌上看到自己，也根本不想死在镜头面前。莫滕赫头戴廉价的假发伪装出逃，身上只带了一瓶止痛药。她虽然拿了节目组的酬金，却不是为了自己，而是把钱留给了对她漠不关心的伴侣；随后，她不声不响地离开了他，离开了生活中的一切。莫滕赫前往贫民窟，打算在无名无姓的清贫中死去，在穷困的人群中独自承受痛苦。

在这档莫滕赫浑然不知自己仍在参演的节目中，罗迪是唯一的剧组成员。罗迪依靠他那装有摄像机的眼球跟踪莫滕赫，与她成为朋友。两人一起穿过设定在不远未来的苏格兰的广袤疆域，路过被雇佣的抗议者，路过经济住房，路过流浪汉庇护所，路过废弃的非法占用房，直到抵达兰兹角。莫滕赫想要隐私，而罗迪需要保证他的摄像眼球始终处于有光源的环境下，否则就会失明。在一场戏里，尽管身处阴暗的监狱牢房，罗迪也不忘祈求抓他的人，请他们提供一点光源用来照明。

莫滕赫避开了罗迪那些剧情需要般的性暗示：纵使这是一部关于一个男人和一个女人在路上的电影，莫滕赫毅然决然地表示，她的身体正忙着死去，实在无暇回应罗迪的欲望。罗迪和莫滕赫并非情人，但这并不意味着他们的关系无关情欲。罗迪需要看见莫滕赫，莫滕赫需要避免被看见。当两人抵达兰兹角时，罗迪终于觉得自己已经见得太多了。他将手电筒抛入大海，没了光源的他不仅失去了视力，也从此变得无赖般的孩子气。影片向我们阐明，这个执迷于观看的世界无法乖顺地忍受谜题。电影中的光线是一场谎言：黑暗是不被世界准许的真相。

医院使得病人无法久睡，连做梦都来不及。最后一次化疗后，药物终于把我从一个癌症患者摧残成了一个心脏病患者。一月的某个寒冷夜晚，我独自躺在重症病房里，每小时都被闯入者和仪器的嘟嘟声吵醒，身上连接着条条管管，在医院雪白的床单上一边受冻一边忧虑。

有学者说，埃利乌斯·阿里斯提得斯的《神圣传说》实际上是一部关于私人疗愈的公共文本，一篇与凡人的自我歌颂脱不开关系的神灵赞词，一部让肉身与语言紧密交织直至无法分割的作品。阿里斯提得斯在一场梦中得出结论，人与猪的欲望大同小异，无非性爱、饮食与睡眠；而他的欲望却是最具人性的，因为他渴望的是语言。

在另一场梦中，阿里斯提得斯路过一座为柏拉图建造的庙宇，这让他警觉。他想：我们不该为伟大的人类搭建庙宇，而应该为他们写书，因为神灵虽由万物组成，却只有人类是由语言构成的。

当阿里斯提得斯的朋友控诉他太过于虔诚地听从梦境旨意时，他提醒朋友，在听从医生的指令和听从神灵的旨意这两者之间，他无从选择。阿里斯提得斯听从的旨意大多是关于他是否应该沐浴的指示，或是在各类水池里放荡的方式。这些疗愈尝试是医神阿斯克勒庇俄斯为阿里斯提得斯量身打造的，无法被他人复刻。吾之蜜糖，汝之砒霜。不仅有医神的疗愈指导，神灵还在梦中为阿里斯提得斯提供工作上的指引，阿里斯提得斯将朋友们召集到他的病榻边，听他慷慨激昂地传达神灵的旨意，有时还将旨意写成诗歌供孩童赞颂。

没有一条通向存活的路径是清晰明了的。

公元170年1月，阿里斯提得斯写道："我们的每一日、每一夜都有它的故事。"[1]我们的每一分钟也是如此。我身处医院，沉浸在半梦半醒的思绪中，将能够形容我甘心认命的有限词汇绑在一只大天鹅身上，让它代我向星空飞去。同样被我送走的还有我仅存的任性、虚荣、我对自己的残忍，还有那些若不被送走就会挤走心中熊熊正义怒火的，我个人的失败。

我开始担心或许自己的癌症从没存在过，或许那些关于癌症的偏门网站都是对的，或许一切都是大型药企的骗局，或许最初那个肿块什么都不是，而我所经历的一切只不过是

1 Aristides, *Sacred Tales*.

一部为利益服务的虚构文学，靠喝胡萝卜汁和尿液就能治好。在医院里，当心脏科医生忙着证实或是反驳我的心脏是否出了问题时，我在担心自己正死于一场谎言。

罗迪失明后，《临终窥伺》节目无法继续录制，凯瑟琳·莫滕赫之死的故事停播了。这时我们才得知，凯瑟琳·莫滕赫并不会真的死去；或者至少可以说，若不是节目组与她的医生合谋骗她一粒粒服下那些制造死亡体验的药物，她并不会真的死去。

**一切都是谎言：**罗迪的友谊，莫滕赫的致命疾病，罗迪对光明终将获胜的笃信，莫滕赫对自己已成功躲入黑暗的笃信。

莫滕赫得知自己是受了骗才误以为会死去时并没有感到如释重负。她并不庆幸自己重获了存活于世的机会——正是这个世界为了从目睹她死去的悲伤中获得快感，而企图慢慢杀死她。她吞下了所有致命的药丸，但影片没有向我们展示她的死亡，我们也无从确定她是否真的死了。影片在拒绝展示死亡场景的同时，赋予了莫滕赫片中世界试图从她身上夺走的神秘感。

拍摄《临终窥伺》两年后，饰演莫滕赫的女演员罗密·施奈德在巴黎一家酒店客房中因服药过量而死。

1321年可能是历史上唯一一个见证了病人、感染患者和毁容患者联合起来试图占领世界的年份。至少传言如此。相传，麻风病人密谋了整整两年，不仅筹备了他们的起义，甚至计划好了起义成功后的世界格局。他们想好了哪些人该如何去做哪些事，计划在同一时间向水井、溪流和喷泉投毒——一种由麻风病人的尿液、血液、四种不同草药和圣体混成的毒药。整个法国（所有没患麻风病的人）要么将死去，要么将感染成为麻风病人。那些在病人起义中幸存的健康人而后会变成病人，成为病人王国的公民。[1]

麻风病人当然没能统治世界：他们的计划泄露了，所有麻风病人被围困在一起，遭受了暴力、焚烧、虐待和囚禁。对麻风病人的恐惧弥漫了整个欧洲。但是我感兴趣的并不是麻风病人因密谋事件所遭受的后果，毕竟压迫犹如四季变迁般寻常；引起我注意的，是历史中竟然曾有麻风病人起义的这场梦。

德国激进团体“SPK患者联盟”写道：“疾病不容置疑地促使我们对一切发动革命——是的，一切！——我们将彻底改革一切，树立正确的方向，这将是历史上的第一次……”[2]

就像输液室的一位护士曾对我说的：“只有狼才能杀死狼。”

---

1 Carlo Ginzburg, *Ecstasies: Deciphering the Witches' Sabbath*, Chicago: University of Chicago Press, 2004.

2 SPK (Socialist Patients' Collective), *Turn Illness into a Weapon: For Agitation*, Heidelberg: KRRIM, 1993.

心脏科医生对我的心脏状况没有定论。我已经没有假期可休了。其实对于任何身患严重癌症的病人来说，原本的几周无薪重疾假期是远远不够用的，因为这类患者往往面临诸多不便，需要接受持续一年甚至更久的治疗，最终还落得残疾的下场。我无法休假去治疗心脏问题，也没有假期去做治疗后期的种种手术。而不管会不会死，眼下我仍有账单要付，有一个孩子要养，有学生要教，有一份工作需要保住：我不得不工作。我用卡拉带到医院的化妆包装扮出健康的假象。一位新来重症病房值班的医生走进我的房间，彼时我把自己安置在离病床最远的位置，笔直地坐在椅子上读书。新医生问我，病人去哪了。

我已在这场癌症游戏里周旋数月，对医学早已厌倦。我宁愿回答“病人消失了”。但医学要求我不得不坦白，告知医生，我就是病人。医生对我的容貌与体征之间的矛盾感到不解，困惑地说：“可是你看上去不像病人。”

这位医生无法将我机智伪造的健康假象与疾病现实联系在一起，尽管令我住进重症病房的那些病况并未好转，他还是被我成功说服，放我出了院。我被推出医院，并且由于春季学期已经开学，被径直送到了我任教的学校。我勉强才能走完通向教室的三十步路程，几乎无法站立，但就是这样，一个刚刚出院、喘不上气、心跳得飞快的我开始讲课。次日早晨，我去看第四位心脏科医生，他第一眼看到我时和上一位医生的反应相同，说我看上去跟病历上拥有这般心脏的患者完全不像一个人。

古埃及人相信，人死后进入冥界时，心脏会和羽毛放在天平两端称重比较——他们认为心脏是精神与感知的核心，记录着一个人的全部行径是好是坏，是出于爱还是恨。如果心脏比羽毛重，死者将被恭候在天平下的巨兽吞噬；如果一个人终生充实行善，心脏比羽毛还要轻，他则会获允前往后世。

胸外科医生手下的一位护士听闻我正在综合医疗大楼里看心脏科医生，为了给我一个拥抱，专程跑来找我。当时我正处于化疗和乳房切除术之间的几个星期。我不知道护士是怕我担心心脏问题会使我无法完成治疗，还是她自己有这样的担忧。由于必须得到心脏科的批准才能开始接下来的手术，我绑着便携监护仪生活了数日，只为了等到心脏科医生无法给出的诊断结果。

后来的一切终于有了答案：我的心脏没有问题。是我的神经有问题。像我手脚内许多坏死的神经一样，掌管我心脏的那些神经在化疗的影响下正在消亡。我的手术被耽搁了，但没有耽搁太久。我被叮嘱要好好吃饭，好好恢复，静候体内坏死的部位起死回生。我的心只是受伤了，而没有彻底衰竭。

我在此写下的一切都不是写给那些健康完整的人看的，若是那样，我当初根本不会动笔。每个此刻没有生病的人都曾在过去或是会在不久的将来成为病人。我在梦中摆出各式各样令我怀念的姿势，梦到湖泊与无法攀爬的梯子，梦到一本名为《你从来不懂，或许永远也不会懂》的书，书的内容是每一条生命的价值。

我知道这一切听上去都令人费解，至少对我来说一度如此。但当我向他人形容“感觉自己是被斑驳阳光照耀的小路上的一条蛇，但仔细看才发现是蛇褪去的皮”时，我也曾笃定地以为每个活过的人势必都该明白我所描述的感觉——但我只是感到了相同的费解。

真正地看见一条蛇意味着看到蛇是如何蜿蜒地褪去皮肤的，看到它如何不得不用身体摩擦坚硬的表面才使得皮肤剥落，看到它为了遗弃旧皮，是如何生成了足够的新皮。真正地看见一条蛇也意味着看到它之所以在某一刻目光变得呆滞不清，是因为它正忙着辞旧迎新，正沉醉于焕发新生的过程。而我决定，这本书提出的问题是，*你是要当一条蛇，还是被蛇褪去的那层旧皮？*

正如没有人诞生于历史之外，同样也没有人死于自然死亡。死亡从不休息，既一视同仁，也厚此薄彼。它分布不均，伴随无人机的空袭、战争的枪林弹雨以及丈夫暴力的掌掴降临，由医院滋养的微生物背负着行进，在新兴资本主义掀起的浪潮风暴中流转，通过辐射轻声向细胞传达变异的指令。它既在乎我们是谁，也毫不在乎。一只松鼠死了，尸体完好无损，死因不明，它躺在我公寓楼前的一棵大树下，任由树根环抱。与一切终有一死的生灵一样，我不该太眷恋活着。我在日记中写道："在这场活人与死人的文明较量中，我知道自己站在哪一边。"但我从来没有说破这一点。

# 后　记

## /以及是什么拯救了我

我没有死，至少没有因此而死。当我眼下捱过了癌症的威胁后，女儿说我完成了不可能完成的任务，并且给自己安排了活生生的后世用来写作。癌症之后，我的写作像是得到了彻底的许可。我失去了一些神经线粒体，失去了昔日容貌，失去了许多记忆与聪明才智，失去了乐观估计五至十年的寿命，这一切都归功于医学治疗那摧枯拉朽的能量。失去这一切后，我发现自己仍是自己，甚至被摧毁成了更强烈的自己。仿佛对于人类而言，*失去*，才能使我们终于变得真实。

我试图将一切记录下来。我用数年去书写数分钟，用数月书写数日，用数周书写数秒，用数日书写小时，而那些使我失去了数年数日的短短几分钟的经历，如今看来仍然太过沉重，无法阐明。我上千次放弃过书写这本书，这还不包括撰写过程中其他数不清的销毁次数——那些被删除的草稿、抹去的纸页、摘取的段落、丢弃的结构、拆散的论据、自我压抑的情绪与无从讲起的见闻，也不包括我无颜重新登录的网络个人账号和我没有找回的博客短文，我不愿翻出的归档邮件，还有那些被我和朋友折成纸飞机从城市高处抛走或是绑在塑料骷髅上沉入湖底的医院账单。更不要说那本被撕成碎片的《您的肿瘤之旅》，天黑后我们把它和羽衣甘蓝菜籽一起埋在了一些我不便透露的公共场所。每当我按下空格键时，往往伴随着按键会卡住的期盼，或许这样我就可以获得一本空白的、没有癌症的书，而不是眼前这本。

如果这本书必须存在，我希望它能成为一种微小的修复魔法，将文学的力量从文学中驱逐出去，彰显不可爱之人的共产主义，赋予每一个读到它的人被彻底简化后随之而来的自由。我想让我们失去的身体部位随着书里的语句起死回生，让书中的想法拥有能使我们的体内细胞获得原谅的优雅。这本书会是从被扔到地上的一堆麦克风[1]中萌芽的奇迹，它在徐徐上升的同时宣布“走出坟墓，走上街头”——这话我曾在过去和朋友用塔罗牌占卜时说起，那时成为病人还不在我的计划之中。或者，如果我能通过写

1 扔麦克风（drop the mic）指在表演或发言结束时故意将麦克风扔到地上，宣布到此结束，以示不屑或极度自信的表演动作。——译注

作将地球剖开，让死去的女人复活，组成来势汹汹的军团，我一定会这么做；但是我一直没学好写作，无法做到这一切。

我不愿但必须接受的是，癌症荒诞得类似犯罪的单一特性，意味着任何与它相关的作品都像是呈堂证供。人们批判这供词是否真实，是否有使用价值，情感是否深刻，却很少评论其形式，但形式才是它真正的驱动与躁动，记录着一场为了求知而展开的斗争，求到的若不是真相，便是与真相矛盾的弥天大谎。

一位友人读过初稿后，告诉我这本书的欠缺之处："里面仅断断续续地提到过'我们'。"我起初回复他："我不能撒谎。"但这回复本身就是谎言，证明我其实能撒谎，也确实会撒谎。我想说的是，我无法假装曾经没有感到那么孤独，就好像与朋友们去湖里游泳，然后我游过了他们所有人，游过了浮标，直至游到了没有人能来救我，也没有任何我爱的人曾抵达过的深渊。我也无法解释一切不真实的出处，无论是关于癌症还是关于其他任何事情。我无法充满自信地书写那些源于人类物种之愚蠢或是我个人之失误的事情，抑或是资本帝国为了让短视的我们看不清远方的残酷暴行而做出的安排。

肿瘤学在制造孤独这一领域极具天赋，这就是为什么我永远不会相信事情总像它们看上去那么糟糕，即便它们其实可能更糟。诊断时，病人被关在冰冷的房间里，而技师站在别的房间，隔着玻璃通过耳机与我们交流。外科医生用紫色记号笔在我们的身体器官上做标记。一些爱人弃我们而去。陌生人迷恋我们的痛苦。我们时常病得无法与他人共处，我们变得不像自己，如果走到人群中，会像被遗弃的动物一样遭人怜悯。癌症患者之间有时也不会视彼此为战友，而是警世故事：一个我们不希望变成的悲剧，或是一个病得没有我们严重、因此引人妒忌的对象。谈论起我们共享环境中的致癌因素会被谴责为偏执多疑，而遗传宿命论带来的孤独却横行无忌，多少人深信他们生来身体里就继承了癌症的必然命运，唯独医生与药企才能改变这既定的轨迹。替代医学圈子里的情形也是换汤不换药，只不过他们推崇的是灵气疗法与草药。若想体验我在癌症治疗期间的感受，你需将自己想象成世上最可悲的营利契机，除此之外你什么也不是，而这世界早在癌症发生之前就已消损得所剩无几，癌症的到来不过是使其彻底溃败的最后一击。

关于孤独，一切未经审视的记载都是谎言，或者如许多真相一样，当处于错误的语境时会仅剩下原本真相的局部。在我感到孤独的同时有许多人也感到了孤独，在此之前，还有那么多前人感到过孤独，在此之后亦如此。倘若我们这些同时患病的人中，哪怕只有一半的人在接受治疗时感受过这种孤独，那么这种广漠而又普遍的孤独何尝不是我们统统被愚弄了的证据？

我时常感到孤单，这是事实；但我的朋友们轮流陪同我度过了这场疾病的冒险，这也是事实。他们纵容我那些关于应该如何生病的肿瘤非现实主义幻想，容许我穿着从二手店淘来的丝绸睡衣去看电影，帮我录下医院里吸尘器和点滴流动的声音，陪我一起扔掉了化疗结束时按惯例应该吃掉的庆祝蛋糕。我们一致同意，如果我不得不患上癌症，那至少应该一路撒着命运之爱[1]的五彩纸屑去经历它，秉持1966年非政府主义女性电影《雏菊》（*Daisies*）所展现的态度，像片中的少女那样，穿着内裤躺在地上，点燃装饰派对的彩带。我们说，被毁灭，才是宴会存在的意义。

朋友卡拉告诉我，当我处于最低点时，她能明显感到我最需要的不是舒适，而是艺术——为了熬过癌症，我只好憧憬四周的一切都处于美学极致。我幻想过浸透蜜饯的棺材，编造过充满臆想的宗教信仰，写过辩论雄说，复过仇，构想过全新的葬礼产业，列举过我们的灵魂在去往死后世界时应该带上的小型电子设备清单，而死后的世界也被我在脑海里改造了一番。

在治疗期间，曾有朋友寄来裹在诗人黛安娜·迪·普里玛[2]的旧瑜伽裤里的大麻爆米花。我虽然没有一个能照顾我的伴侣，但朋友们的馈赠证明我曾享有世界中好的那部分，就算世界那用于剥夺的架构向我抛出一条条令人无路可

1 命运之爱（拉丁文：amor fati），指一种无条件接受人生境遇的生活态度：不管是痛苦与损失还是快乐与收获，人生中发生的一切事情都是好的。——译注

2 黛安娜·迪·普里玛（Diane di Prima，1934—2020），美国“垮掉的一代”女诗人。——译注

退的论据，我依然知道剥夺不是世界的全部。癌症固然艰难，可我手握这些充满创意的爱，得以使其柔软，即便这些爱意全然处于法外，不被官方承认，也与夫妻或家庭无关。而在生病时，我也曾同样感受到倘若我没有朋友，或是出于什么原因而不值得被爱，或者有一天我真的变成那样，那会是多么悲凉。有朋友离开，也有朋友凑出时间和金钱照顾我。能出钱的朋友开出支票，好让有时间照顾我的朋友飞到我身边，帮我清空缝在身上的引流管。有朋友寄书给我，也有朋友寄来歌曲合辑。我们解决照护这一问题的方案无法被复制扩展，它是临时制定、不够完善的，但它至少让我渡过了难关。

治疗中有一段时间那颗肿瘤一直很疼，感觉像是又开始增长了，这使我万分恐慌，生怕自己会在孤独与剧痛中死去；当时朋友贾斯珀正坐在我家沙发上——那沙发被我搬到了餐厅里，好让来照顾我的人能有个睡觉的地方。贾斯珀看上去对开灯关灯这样的琐事没有兴趣，而我也早已说服自己，不能因为自己是个女人就为大家开灯关灯，因为这便是屈服于内化的性别压迫了。于是我俩就这样，在明明有很多灯却一片漆黑的房间里，坐在沙发上讨论如何死去才算得上是幸运的解脱。说起癌症会让我死得痛苦且耻辱以及这事给我带来的恐惧时，贾斯珀回应道："没事，我们确保它不要发生就好了。"朋友们在我生病期间大多慷慨可靠、神通广大，因此我自然相信了他，相信他们愿意冒着风险，帮助我以自己渴望的姿态死去。可一想到要永远与他们分离，我就哭了起来，连忙躲进屋里。

我本来希望他没有注意到我在哭：我的眼泪没有声响，四周一片漆黑，加上他有时给人一种太过聪明，以至于注意不到别人脸上在发生什么的感觉。但我刚躲进屋里就看到他追了过来。我连忙扯着毫不令人信服的高嗓门说："我没事！"而我明明有事。这时他建议不如一起看看电视。

我们在客厅看电视，昏暗闪烁的屏幕上放着一集《黑镜》，而我想起所有那些早逝的女作家，我多么希望她们能活下去。玛丽·沃斯通克拉夫特[1]三十八岁去世之前刚

1 玛丽·沃斯通克拉夫特（Mary Wollstonecraft，1759—1797），英国启蒙时代著名作家、哲学家与思想家，西方女性主义思想先驱。——译注

生下玛丽·雪莱[1]。19世纪法裔秘鲁籍社会主义哲学家弗洛拉·特里斯坦[2]去世时四十一岁，她在团结法国工人阶级的事业中过劳而死。哲学家玛格丽特·富勒[3]四十岁时在法尔岛海岸溺水身亡，她死前写下的最后语句是："她的秀发散落在雪白长裙上，面向美利坚，我放眼望去，面前除了死亡别无他物。"[4]

在我生病之前，这些已逝女人的著作曾伴我左右。她们构想了一个崭新的世界构架，随之而来的是世界上真实的可能。而在我生命的第四十一年，我把这些作家重新聚集在身边，一点一滴地将自己从活着的世界里抽离。我也一如既往地为世界构想了一个崭新构架，接着彩排了自己的死亡，将欲望像衣服一样一层层从身上剥去。我的行动范围变得更

---

1 玛丽·雪莱（Mary Shelley，1797—1851），英国著名小说家，代表作《科学怪人》，被誉为科幻小说之母。——译注

2 弗洛拉·特里斯坦（Flora Tristan，1803—1844），法裔秘鲁籍社会主义作家、政治活动家，现代女性主义奠基人。——译注

3 玛格丽特·富勒（Margaret Fuller，1810—1850），美国记者、作家、评论家与女性运动领袖。——译注

4 John Matteson, *The Lives of Margaret Fuller: A Biography*, New York: W. W. Norton, 2013.

窄，牵挂变得更少，我的野心也愈发抽象——我可以隔着远距离去爱，并且能够以这样的姿态去设想爱的大义。

生死是如此绚丽的构架。我开始为自己未曾受到保护而欣慰，欣慰自己并非敏感精致、内心只装得下品位与教养的人；我欣慰自己不去收集细微的伤口，不至于在外面的世界真真切切地流血不止时，错将自己所受的微小伤害误认成莫大的损伤。受到社会保护的人竟可以眼睁睁看着那些并不总被保护的人，冒出“懦弱的是流血之人，而非从未流过血的人”这般臆想，这是认知层面的又一差错。他们之所以贬低生存的美与奢侈，一定是因为他们鲜有几近丧命的体验。

我活了下来，但癌症的意识形态政权意味着自称“幸存者”依旧让我觉得是对所有死者的莫大背叛。可我不得不承认，我每一天都为自己还能活着而欣喜若狂。没能将一切细述详尽，我很抱歉。那些未被提及的事仍像天体般漂浮在太空中。“但现在是轮到新问题的时候了”，平躺的人对直立的人说。接着，那一度执迷于亏缺的月亮，终于满盈了。

# 参考文献

Acker, Kathy. "The Gift of Disease." *The Guardian*, 1997.

Arendt, Hannah, *et al. The Human Condition*. Chicago: University of Chicago Press, 2018.

Aristides, Aelius, and Charles A. Behr. *Aelius Aristides and the Sacred Tales*. Amsterdam: Hakkert, 1969.

Avicenna, and Shams C. Inati. *Ibn Sina's Remarks and Admonitions: Physics and Metaphysics*: *An Analysis and Annotated Translation*. New York: Columbia University Press, 2014.

Bellamy, Dodie. *When the Sick Rule the World*. South Pasadena, Calif.: Semiotext(e), 2015.

Berkowitz, Amy. *Tender Points*. Oakland, Calif.: Timeless Infinite Light, 2015.

Biss, Eula. "The Pain Scale." *Harper's Magazine*, 2005.

Brecht, Bertolt, Tom Kuhn, Steve Giles, and Laura J. R. Bradley. *Brecht on Art and Politics*. London: Methuen, 2003.

Burney, Fanny, Barbara G. Schrank, and David J. Supino. *The Famous Miss Burney: The Diaries and Letters of Fanny Burney*. New York: John Day, 1976.

Burnham, John C. *What Is Medical History?* Cambridge, U.K.: Polity, 2007.
Cage, John. *A Year from Monday: New Lectures and Writings.* Middletown, Conn.: Wesleyan University Press, 1969.
Cazdyn, Eric M. *The Already Dead: The New Time of Politics, Culture, and Illness*. Durham: Duke University Press, 2012.
Compton, D. G., and Jeff VanderMeer. *The Continuous Katherine Mortenhoe*. New York: New York Review Books, 2016.
Compton, Michael T. "The Union of Religion and Health in Ancient Asklepieia." *Journal of Religion and Health*, vol. 37, no. 4, 1998.
Di Prima, Diane. *Revolutionary Letters*. San Francisco: City Lights Books, 1974.
Donne, John, and Herbert J. C. Grierson. *The Poems of John Donne.* Oxford, U.K.: Oxford University Press, 2011.
Donne, John, and Izaak Walton. *Devotions upon Emergent Occasions: And, Death's Duel*. New York: Vintage Books, 1999.
Dumas, Marlene, and Mariska Berg. *Sweet Nothings: Notes and Texts, 1982—2014*. London: Tate Publishing, 2015.
Fenton, James, Alphonse Daudet, and Julian Barnes. "In the Land of Pain." *The New York Review of Books*, vol. 50, no. 2, 2003.
Foucault, Michel. *The Birth of the Clinic*. 3rd. ed. London: Routledge, 2017.
Gilman, Charlotte P. *The Living of Charlotte Perkins Gilman: An Autobiography*. Salem, N.H.: Ayer, 1987.
Ginzburg, Carlo. *Ecstasies: Deciphering the Witches' Sabbath*. Chicago: University of Chicago Press, 2004.
Ginzburg, Carlo, John Tedeschi, and Anne C. Tedeschi. *Clues, Myths, and the Historical Method*. Baltimore: Johns Hopkins University Press, 2013.
Israelowich, Ido. *Society, Medicine and Religion in the Sacred Tales of Aelius Aristides*. Leiden: Brill, 2012.
Jain, Sarah S. L. *Malignant: How Cancer Becomes Us*. Berkeley: University of California Press, 2013.
James, Alice, and Leon Edel. *The Diary of Alice James*. Boston:

Northeastern University Press, 1999.
King, Samantha. *Pink Ribbons, Inc: Breast Cancer and the Politics of Philanthropy*. Minneapolis: University of Minnesota Press, 2008.
Kraus, Chris. *After Kathy Acker: A Biography*. London: Penguin Books, 2018.
Leopold, Ellen. *A Darker Ribbon: Breast Cancer, Women, and Their Doctors in the Twentieth Century*. Boston: Beacon Press, 2000.
Lévinas, Emmanuel, and Seán Hand. *The Levinas Reader*. Malden, Mass.: Blackwell, 2009.
Lispector, Clarice, Stefan Tobler, and Benjamin Moser. *Agua Viva*. London: Penguin Classics, 2014.
Loraux, Nicole. *Tragic Ways of Killing a Woman*. Cambridge, Mass.: Harvard University Press, 1992.
Lord, Catherine. *The Summer of Her Baldness: A Cancer Improvisation*. Austin: University of Texas Press, 2004.
Lorde, Audre. *The Audre Lorde Compendium: Essays, Speeches, and Journals*. London: Pandora, 1996.
Lorde, Audre. *The Cancer Journals*. San Francisco: Aunt Lute Books, 2006.
Lorde, Audre, and Rudolph P. Byrd. *I Am Your Sister: Collected and Unpublished Writings of Audre Lorde*. Singapore: Oxford University Press, 2011.
Lucretius and Rolfe Humphries. *The Way Things Are: The "De Rerum Natura" of Titus Lucretius Carus*. Bloomington: Indiana University Press, 1968.
Martineau, Harriet. *Life in the Sick-Room: Essays, by an Invalid.* London: Edward Moxon, 1849.
Matteson, John. *The Lives of Margaret Fuller: A Biography*. New York: W. W. Norton, 2013.
Mukherjee, Siddhartha. *The Emperor of All Maladies*. London: Harper-Collins, 2017.
Pearcy, Lee T. "Theme, Dream, and Narrative: Reading the Sacred Tales

of Aelius Aristides." *Transactions of the American Philological Association (1974— )*, vol. 118, 1988.

Petsalēs-Diomēdēs, Alexia. *"Truly Beyond Wonders": Aelius Aristides and the Cult of Asklepios*. Oxford, U.K.: Oxford University Press, 2010.

Peyroux, Cathérine. "The Leper's Kiss." In *Monks & Nuns, Saints & Outcasts: Religion in Medieval Society: Essays in Honor of Lester K. Little*, edited by Sharon Farmer and Barbara H. Rosenwein. Ithaca, N.Y.: Cornell University Press, 2000.

Plutarchus, and Christopher B. R. Pelling. *Plutarch Life of Antony*. Cambridge, U.K.: Cambridge University Press, 2005.

Rettig, Richard A. *False Hope: Bone Marrow Transplantation for Breast Cancer*. Oxford, U.K.: Oxford University Press, 2007.

Rey, Roselyne. *The History of Pain*. Cambridge, Mass.: Harvard University Press, 1998.

Rousseau, Jean-Jacques, *et al*. *The First and Second Discourses Together with the Replies to Critics; An Essay on the Origin of Languages*. New York: Harper & Row, 1986.

Scarry, Elaine. *The Body in Pain: The Making and Unmaking of the World*. New York: Oxford University Press, 1985.

Schulman, Sarah. *Gentrification of the Mind: Witness to a Lost Imagination*. Berkeley: University of California, 2013.

Sedgwick, Eve K. *A Dialogue on Love*. Boston: Beacon Press, 2006.

Sontag, Susan. *Illness as Metaphor*. New York: Farrar, Straus and Giroux, 1978.

Sontag, Susan, and David Rieff. *As Consciousness Is Harnessed to Flesh: Journals and Notebooks, 1964—1980*. New York: Picador, 2013.

Stephens, John. *The Dreams and Visions of Aelius Aristides: A Case-Study in the History of Religions*. Piscataway, N. J.: Gorgias Press, 2013.

SPK (Socialist Patients' Collective). *Turn Illness into a Weapon: For Agitation*. Heidelberg: KRRIM, 1993.

Woolf, Virginia, Julia D. Stephen, Hermione Lee, Mark Hussey, and Rita Charon. *On Being Ill*. Ashfield, Mass.: Paris Press, 2012.

# 致　谢

感谢所有曾给予我关怀、交流、鼓励、反馈的人，是你们让这本书得以问世。我尤其要感谢C. A. 康拉德、路易斯–乔治斯·施瓦茨、乔纳森·基萨姆、埃琳·莫里尔、朱丽安娜·施帕尔、达娜·沃德、贾斯珀·别尔涅斯、丹尼尔·斯波尔丁、桑德拉·西蒙兹、玛格达莱娜·祖拉夫斯基、大卫·布克、安东尼·艾尔斯、珍妮·迪斯基、阿丽亚娜·莱因斯、卡罗琳·拉扎德、丹·霍伊、阿马莉·杜布隆、埃玛·希尼、埃文·考尔德–威廉斯、乔纳·克里斯韦尔、塞勒斯·孔索莱–索伊控、乔丹·斯坦普尔曼、菲莉丝·穆尔、乔纳森·勒瑟姆、乔希·洪恩、弗兰克·舍洛克、劳伦·莱文、阿龙·库宁、哈瑞·昆祖鲁、纳塔利娅·切奇雷、杰斯·克莱顿、莉萨·罗伯逊、林·贺金年、乔安娜·赫德瓦、桑普森·斯塔克韦瑟、康斯坦丁娜·扎维特萨诺斯、马尔科姆·哈里斯、埃德·卢克、雅各布·巴德-罗森堡和梅利莎·弗拉什曼。此外还要特别感谢杰里米·M. 戴维斯、L. E. 朗、卡拉·勒菲弗、卡桑德拉·吉利格和黑兹尔·卡森。这本书里大部分好的内容都归功于他们。我还想感谢每一位在我生病期间照顾过我的工作人员——所有技师、护士、医护助理、医生、行政人员、清洁工、紧急救护人员以及每一位在这场惨痛经历中保护并安慰过我的人。

书中的一些篇章曾刊载于《新探索》(*The New Inquiry*)、诗歌基金会(The Poetry Foundation)的《哈里特》(*Harriet*)博客、《石蕊》(*Litmus*)、《游泳者》(*Swimmers*)及《格尔尼卡》(*Guernica*)。《徒劳于世》这一章节最初出现在实验媒介与表演艺术中心(EMPAC)委托帕特里夏·伦诺克斯-博伊德策划的展览中。一些关于护理的内容与想法源于2015年我在不列颠哥伦比亚护士工会大会上做的演讲，另一些关于凯西·阿克的内容源于我在纽约市立大学（CUNY）研究生中心举办的关于克丽丝·克劳斯的《凯西·阿克之后》的活动上做的演讲。我要感谢这些帮助我的作品面市的编辑与活动策划人。

我的思考很大程度上也源自社交媒体、电子邮件与读书分享会，因此我要感谢所有曾与我交谈的人，他们中的许多人与我分享了关于疾病与残疾的相似经历，源源不断地赋予了我理解世界的新契机。我还想感谢由成千上万用户组成的乳腺癌线上社群，这些人不求回报，只为帮助他者，她们免费输出的邮件、博客文章、日常视频以及论坛讨论在我理解自身经历的过程中至关重要。特别是那些以视频形式分享过自己生活的人，例如Coopdizzle和克里斯蒂娜·纽曼，她们对于治疗期间以及治疗结束后的我都起到了深远的影响。

这本书得以问世离不开堪萨斯城艺术学院的教职发展基金以及“诗人救急”（Poets In Need）机构的菲利普·惠伦基金的援助。我还要感谢怀廷基金会、当代艺术基金会以及剑桥大学的朱迪丝·E. 威尔逊基金，感谢他们认可我的作品并为我完成这部作品提供了必要的物质支持。

# 译后记

2019年，我们在文学网站的新书资讯里注意到了本书。带有悲情色彩的女艺术家难免让人着迷。与内容简介同样吸引人的，是由一长串名词组成的英文副标题：痛苦、脆弱、道德、医学、艺术、时间、梦想、数据、疲惫、癌症和照护（Pain, Vulnerability, Morality, Medicine, Art, Time, Dreams, Data, Exhaustion, Cancer, and Care）。这些词语被印在封面上，随着针管的刻度图案纵向排列在左侧。封面中央是一条细蛇缠绕在针管上，揭示出这是一部切入点新颖的非典型现代疾病回忆录。翻越过引经据典的序言屏障后，迎面而来的是一个充满诗意和独特美学的疾病世界，个中风景则由作者安妮·博耶蜿蜒逶迤的语句构成。

而后就是全球“新冠”疫情的蔓延和随之而来的崭新世界。这世界似乎每天都在变得与博耶笔下的疾病世界更相似一些。而当看到的消息每天都比前一天更糟时，我们心中也曾真切盼望，城市里能建起泪宫，供人们哭泣。

2020年春天，我们在共同经营的播客里聊到疫情初期所读的与疾病和灾难相关的书籍，洋洋洒洒地抒发了对这本书的喜爱。夏天，译林出版社的陆晨希编辑通过节目联系到我们，讨论中文版翻译事宜。秋天，我们正式开始了这次文学翻译的尝试。

生病前的安妮·博耶首先是一位诗人、散文家。2016年，她关于疾病的记录以特约博客的形式在诗歌基金会（Poetry Foundation）网站上发表。这些散文便是本书的雏形。博耶的语言是流动且自由的。她以诗歌般温柔的笔触描述了自己患病后的种种残酷经历——各路癌症疗法骗术、资本主义的谎言、化疗对生态系统的损耗以及虚伪的粉红丝带文化。她同样也以诗歌般优雅的语句记录下愤怒、不舍和对早于自己的女作家所建立的文学传统的感激。也许正是因为这种温柔而优雅的语言与它所勾勒出的残酷和愤怒间的反差，本书初在美国出版时常被描述为“超越体裁”（genre-bending）的作品。与其将它归类为回忆录，倒不如说这是一本关于乳腺癌的诗化散文宣言或沉思录。

博耶个性鲜明的语言是这种实验性写作的基石。在翻译中，我们反复打磨修改，试图保留和传达她的语言风格。这个过程像是努力去捕捉她那时而飘渺不定的字句，将其从空中拉至地面，捏成有确实形状的具象。用她的声音讲述，用她的文字写作，时常觉得博耶就在身边，仿佛自己是她的影子，这体验自然而然地让我们对她产生诸多好感与忠心，想要准确负责地展现她多愁善感的浪漫主义和她对我们共存的这个系统的精准洞察。译本里这些流动的长句和自由漂浮的词语是我们尝试的结果，也是我们对博耶的致敬。

两年后的秋天，《未死之身》终于要面世了。这两年，世界一度因疾病而静止。在旅居海外而不能与家人相见的日子里，深度使用母语书写和翻译使我们的内心感觉离家更近了，也难怪“母语”的一个英文说法是 home language（家的语言）。当窗外世界令人沮丧并停滞不前时，我们庆幸能够通过翻译而暂时躲藏和往来于博耶笔下的世界。这体验或许与她在患癌期间对过去患癌之人的苦难的憧憬相似。倒不是书中世界比现实的灾难更少，而是博耶在苦难中的叙述似乎真的有微小的修复魔法，让我们感到不那么孤独。如今我们将这部作品交予读者，希望它能如博耶所愿，赋予每一个读到它的人被彻底简化后随之而来的自由。

李宜然　方　歌

2022年9月，美国旧金山湾区和波士顿